I0611710

Die Schaukel
Joachim Tettenborn

Mit besonderem Dank an Herrn Dirk Gemünden

Geboren in Ottendorf, Thüringen. Gymnasium in Jena, Soldat,, Studium in Jena Und Wien. Germanistik, Philosophie, Theaterwissenschaft. Schauspielschule in Weimar, promoviert zum Dr.phil..

Von 1945-48 arbeitet er als Chefdramaturg, Spielleiter und Schauspieler am Stadttheater Jena. In gleicher Position ist er von 1948-50 an der Bühne Erfurt . Nach seiner Flucht nach Westberlin ist er dort Dramaturg an der Tribüne und geht 1952 für zehn Jahre als Dramaturg an das Berliner Schillertheater, anschließend zunächst als Stellvertretender Chefdramaturg, später als Redaktionsleiter der Hauptabteilung „Fernsehspiel und Film" zum ZDF, bis er ab 1980 ganz als freier Schriftsteller arbeitet.

Bühnenwerke

1951 „Perspektiven", Uraufführung Tribüne Berlin
1955 „-und will sie durchs Feuer führen", Einakter, Hebbel Theater Berlin
1957 „Das große Verhör", Uraufführung Theater Iserlohn
1981 „Der Mann auf dem Sockel", Uraufführung Städtische Bühnen Mainz
1981 „Tilmann Riemenschneider", Festspiel zum 450.Todestag von Riemenschneider Uraufführung Feste Marienberg/Würzburg
1990 „Die Dornenkrone hab ich mir geflochten", Schauspiel, Uraufführung Ernst-Deutsch-Theater Hamburg
1998 „Klaas Störtebeker - Eine Piratenrevue", Musical, Husumer Theaterhafen

Romane

1972 „Nur ein einziger Tag", Verlag Fritz Molden, Wien
1977 „Die Anstalt bedauert", Verlag Fritz Molden, Wien
1982 als Taschenbuch unter dem Titel „Das Fernsehen bedauert", Herbig Verlag, München
1993 „Korruption", Verlag Hoffmann & Campe, Hamburg
2000 "Die schier unglaublichen Erlebnisse des Soldaten EWIG Fersing", Tetens Verlag, Husum

Erzählungen

1986 „Und es begab sich zu dieser Zeit", Herbig Verlag, München
1987 „Westerhever Balladen", Tetens Verlag, Husum
1992 „Unser Dach ist der Himmel", Tetens Verlag, Husum
1995 „Splitter", Tetens Verlag, Husum
1999 „Weinquartett", Tetens Verlag, Husum
2003 „Verspiegelt", Tetens Verlag, Husum
2003 „Westerhever Balladen" (Hörbuch), Tetens Verlag, Husum

Lyrik

1989 „Fischgedichte", Tetens Verlag, Husum
2003 „Wer die Feder versteht – kann fliegen", Tetens Verlag, Husum

Hörspiele

aus der großen Zahl für den NWDR, den SFB und den RIAS Berlin seien erwähnt:
„Übermorgen Regen", „Der schwarze Schwan", „Gedanken im Kreise"

www.joachim–tettenborn.de

Die Schaukel

JOACHIM TETTENBORN

Tetens Verlag

ISBN-10: 3-924989-14-1
ISBN-13: 978-3-924989-14-9

Alle Rechte vorbehalten
Copyright 2006 Bernd Tetens Verlag, Husum
Umschlagfoto: Peter Rohde
Herstellung: Books on Demand GmbH, Norderstedt
Vertrieb: Libri
Printed in Germany

Für Gisela

Eine Narrenbegegnung

26. März - 22:30 Uhr - Fernsehstudio IV –
Live-Lesung einer Kurzgeschichte -
Es liest der Autor Joachim Tettenborn aus seinem neuen
Buch 'Die Schaukel'
Lesung ...
Ich habe drei Titel für diese Erzählung anzubieten:
'Der Streich' -
'Ausgegrenzt' -
'Entflitterung einer armen Seele'.

Entscheiden Sie sich selbst am Ende der Geschichte für
einen der drei Titel. Es ist dann Ihr Titel. Oder – erfinden
Sie selbst einen. Er ist damit Ihr geistiges Eigentum – un-
angreifbar und --- aber das kann Ihnen am Besten ein Jurist beantworten.

„Veranlassen Sie bitte einen Dreispalter über die Karne-
valssitzung in Mainz, die am Donnerstag, zwanzig Uhr
elf, im Ersten Programm übertragen wird. Ich habe selbst
mit dem Alterspräsidenten des Karnevalclubs ein länge-
res Gespräch ... wir haben eine Verpflichtung ... erwarte
ich ... Sie wissen ja, wie man so etwas anfaßt.... Mit
bestem Gruß... Ihr ...“

Unterschrift unleserlich, aber wohlbekannt, denn es ist
die Unterschrift des Chefs - des Chefs der größten Landeszeitung des Landes - und so weiter.

Der Wunsch, die Anordnung, der Befehl - liegt auf dem
Tisch - auf dem Tisch der Redaktion - vor dem stellvertretenden Chefredakteur Benedikt, der umgeben von seinem Gefolge, die da sind Sport- und Nachrichtenredak-
teur, Lokalredakteur und Volontär, in seinem Büro den
Feierabend feiert, denn er hat Geburtstag. Den zweiundvierzigsten.

9

Die zweiundvierzigjährigen Augen des Stellvertreters schweifen über sein Druckerschwarzenletterngefolge. Paulsen. Paulsen entfällt. Sportredaktion. Weg ist er, der helle, durchsichtige Schnaps.

Kern und Schwinker. Nachrichten und Lokales. Abmessen. Augenmaßnehmen des Stellvertreters.

Zwinkern, Abwarten der Fixierten.

Den Blick zu Schmidtchen, dem 22-jährigen Volontär. Bewährung. Erste größere Aufgabe.

Hoffnungsadamsapfel auf und ab.

Blitzschnelles Nachdenken des Stellvertreters. Zu gewagt. Persönlicher Wunsch des Chefs. Dreispalter. Wenn Schmidtchen nun nicht - hier kam es doch darauf an. Immerhin 'Mainz wie es singt und lacht' oder war es 'Mainz bleibt Mainz'? Egal. Eines wie das andere. Unwichtig. Wichtig nur durch Chefbrief. Nein. Schmidtchen geht nicht. Blick abwenden.

Kern oder Schwinker.

Unbehagliche Abwartungspassivität. Etwas tun. Irgendetwas. Ablenken. 'Mainz wie es singt und lacht', und auch noch dreispaltig. Aber gemacht muss es ja werden.

Etwas tun. Irgendetwas. Ablenken. Eine Flasche aus der Aktentasche gezaubert. Einen späten Geburtstagsgruß. Auf den Tisch gestellt. Entkorken. Lachen. Pfeifendampf. Helle Streichholzflammen. Zigaretten glühen. Einschenken. Bier nachfüllen in die Gläser und den Steinkrug des Stellvertreters. Er ist abgelenkt. Der Stellvertreter ist abgelenkt. Prost und Gläserwände an Gläserwände. Das Geburtstagskind soll leben. Schnell nachgeschickt einen Eiskalten. Und zum Nachspüren noch ein Blondes. Zwei, drei Mäuler voll.

Aber der Brief liegt noch auf dem Tisch. Und gemacht - gemacht muss es ja schließlich werden. Von einem - von irgendeinem.

Und in die Geburtstagsalkoholschwappe, die Rauch- und Nebelfeierstunde fällt plötzlich ein Name. KW.

Es war später nicht mehr feststellbar, von wem dieser Vorschlag gekommen war. Aber es war ein Vorschlag, der sofort alle vereinte, zusammenschloss, denn keiner konnte KW leiden.

Karl Westphal. Halbfreier Mitarbeiter der größten Landeszeitung des Landes.

KWs Image bei den Kollegen: nicht denkbar schlecht, aber immerhin schlecht genug. 'Ein eingebildeter Fatzke' - 'Dieser arrogante Versager.' - 'Eitler Pfau.' - 'Ergrauter Truthahn.' 'Impotenter Kugelschreiber.'

KW schloss sich aus, wollte nicht in den Rahmen passen, wollte etwas Besseres sein, abgesondert sein von den anderen, den Gewöhnlichen, herausgestellt sein, zumindest verkannt, um durch Leiden sein Nicht-mehr-zum-Zuge-Kommen kompensieren zu können. Verständlich, dass er alle, die er so deutlich zu verachten schien, vereinte in Feindschaft.

Karl Westphal war früher einmal Feuilletonchef der größten Landeszeitung seines Landes gewesen. Eines unbekannten Tages - Ausbruch einer Redaktionshybris: Käseblatt! Reicht nicht! Für Größeres geboren. Jedenfalls, eines unbekannten Tages, Versuch, eine Veränderung nach Oben zu erschnüffeln.

Offensichtlich in die falsche Windspürseite gerochen. Fehlverbelle und Hundehüttenverweis. Oder auch — schlichte Entlassung ohne Ehreneskorte unter Abgabe der Rangabzeichen beim Chefredakteur.

Von da ab dies und jenes. Hoffnungsvoll zunächst. Dann weniger. Gemütsthermometerabfall. Noch weniger. Zeit hingebracht. Demütigungslernzeit. Rückgratbiege, - beuge und -knickzeit. Hin bis zum Halbfesten bei der größten Landeszeitung des Landes.

Thermometertiefanzeige nach Rückgratbreche ersetzt, mühsam ersetzt, da selbst nicht daran glauben wollen, durch Arroganz, Eitel spielen und etwas Besser sein vorstellen. Rettung von der Bühne der Realitäten zur Schau. Schauspieler ohne Glück und mit Publikum ohne Neigung zum Applaus, der im Übrigen bei dieser Schau gar nicht eingeplant sein konnte. Pailletten und Flitter. Blinker- und Blitzkram aus Papier, Pappe und Plastik. Armseliges Flitterwerk um die Blöße einer armen Seele.

KW hatte aber noch verhältnismäßig oben begonnen bei der größten Landeszeitung des Landes - mit Theaterkritiken. Musik hin und wieder. Oper. Konzerte weniger. Missgünstigen Kollegen war es ohne allzu große Intrigen gelungen, KW die hohe Kunst wieder wegzunehmen. Zähneknirschend hatte er auch diese Demütigung hingenommen. Jeder Darm braucht Füllung. Auch der Darm eines gewesenen hohen Kunstkritikers. So wurde KW ohne viel Federlesens Fernsehkritiker der größten Landeszeitung seines Landes. Fernsehspiele. Fernseh-Opern. Fernseh-Konzerte. Diesen Job hatte bisher der Redaktionsvolontär ausgeübt. Von diesem Zeitpunkt an wurde KW noch unzugänglicher.

KW war 57 Jahre alt. Junggeselle. 176 groß. Figur normal, zum athletischen Typ hinneigend. Bauchansatz. Leicht gerötetes Dreiecksgesicht. Basedowaugen, graugrün. Brille mit schmalem Goldrand. Schuhgröße 42. Anzüge aus guten Bekleidungsinstituten, aber von der Stange. Raucher. Zigaretten. Oft Pfeife. Seltener Zigarren.

Seine Mainzer Fastnachtsbestallung erreichte KW auf Umwegen. Und das war gut so. Wäre er von der Besäufnisgeburtstagsintrige ohne Umschweife, auf direktem, kürzestem Wege erreicht worden, es hätte ihn umwerfen können.

Gesundheitlich war KW schon seit über einem Jahr nicht mehr in bester Verfassung. Fliegende Hitze. Plötzliche Schweißausbrüche. Unregelmäßiger Puls. Hin und wieder Atembeschwerden. Schwächeanfälle, oder eher Schwindelgefühle.

Naja. Immerhin 57. Da kommt so was eben mal vor. Wechseljahre. Das soll es ja auch bei Männern geben, wie er gelesen hatte. Alles etwas gelassener nehmen.

Etwas langsameren Takt. Und eines Tages - war auch das vorüber. War die Majorsecke überstanden. Und dann konnte es weitergehen bis in die Siebzig, Achtzig. Damit tröstete sich KW. Diese Gedanken waren seine Angstbanner.

Paulsen rief an, der Sportredakteur. Paulsen war am unverdächtigsten. Eigentlich wäre es ja die Aufgabe von Benedikt selbst gewesen, aber ein Rest von Scham schien sich bei ihm der völligen Alkoholnarkotisierung noch entzogen zu haben.

KW war nicht zu Hause. Seine Zimmerwirtin notierte gewissenhaft die Telefondurchsage Paulsens. Alles, was von der Zeitung kam, war wichtig und hatte Dringlichkeitsstufe A. Ihr Glaube an Zeitungen war noch unerschüttert. Lettern plus Druckerschwärze und Papier waren für sie gleich Wahrheit.

Neben Datum und Uhrzeit hatte sie in steiler deutscher Schrift notiert: 'Sofort Redaktion anrufen. Sonderauftrag zum Mainzer Karneval.' Sie war orthographisch sonst gut in Form, nur bei selten vorkommenden Worten unterliefen ihr dann und wann Fehler. Den Zettel legte sie ihrem Untermieter auf den runden Tisch mit der selbst gehäkelten Tischdecke und klemmte ihn unter den Aschenbecher mit dem Hindenburgkopf auf dem Grunde.

KW fand die Notiz seiner Wirtin zwei Stunden nach dem Anruf Paulsens. Er las sie. Die Nachricht war für ihn unverständlich. Was hatte er mit den Mainzer Narrentagen zu tun. Er zerknüllte den Zettel achtlos und warf ihn in den grünen Plastikpapierkorb. Sicher wieder ein Hörfehler der Spitzmaus. Es wäre nicht das erste Mal.

Er nannte seine Wirtin 'Spitzmaus'. Er hatte sie nie anders als in perlgrauen, etwas altmodischen Kleidern gesehen. Ihr Gesicht war klein, die Nase spitz und zu groß für das kleine Gesicht. Die Augen mäuseflink und schwarz.

KW fühlte sich nicht betroffen und war kaum beunruhigt. Er stopfte sich deshalb in Ruhe seine 70-DM-Pfeife - ein Luxus, den er aus besseren Zeiten beibehalten hatte - und griff zur Zeitung, zur größten Landeszeitung des Landes.

Aber immerhin - ein Anruf der Redaktion musste erfolgt sein. Ein Rückruf konnte nicht schaden. Sorglosigkeit konnte er sich nicht mehr leisten.

KWs Anruf erreichte die Redaktion auf dem Höhepunkt der Benedikt-Geburtstagsfeier. Benedikt bot gerade bei frisch gefülltem Doppelkornglas die Wette an, dass KW den Auftrag ohne Rücksicht auf die Folgen ablehnen würde. Sein Einsatz - zehn Flaschen Sekt. Kern und Schwinker setzten zehn Flaschen dagegen, und das nicht ohne Grund, denn im Falle einer Weigerung KWs wäre einer von ihnen fällig geworden.

14

Benedikt meldete sich schließlich mit schon schwerer Zunge. KW nahm den Hörer vom Ohr. Lärmendes Durcheinander. Rufe. Gelächter. Der brüllende Benedikt.

Als Benedikt endlich begriff, mit wem er verbunden war, hielt er für einen Augenblick die Hand vor die Sprechmuschel und rief: "KW!!" Die hohen Wogen des Geburtstagsfeiersturmes verebbten auf der Stelle.

Als KW die für ihn nicht sofort deutbaren Hintergrundgeräusche hörte, hatte er sich sofort unbewusst auf Arroganz zurückgezogen. Eine fröhliche lärmende Herde hatte für ihn automatisch etwas Bedrohliches. Benedikt hatte er mit seinem nun schon bekannten arroganten Tonfall gereizt. Er reagierte - ungehemmt durch Alkohol – schärfer, als er es sonst getan hätte: "Anordnung vom Chef ... habe niemanden frei ... kann nichts ändern ... dann muss ich eben dem Chef berichten ..." Und der Chef war immerhin der Chef der größten Landeszeitung des Landes.

KW wies, wie vorauszusehen, diese Zumutung zurück. Es klickte in der Leitung. KW hatte aufgelegt.

Benedikt schlug mit der Faust auf den Tisch. Zornwütig. "Was bildet sich dieser aufgeblasene Kerl eigentlich ein? Dem werde ich es jetzt endlich einmal besorgen." Blick zu Schmidtchen. Entschlossen: "Sie veranlassen, dass diesem - diesem Kerl morgen ein Farbfernseher in seine Mietbude gestellt wird. Direkt neben seinen Schwarzweißfernseher. Direkt daneben! Ist das klar?!" Durchdringender Alkoholsturblick. Alkoholkopfnicken Schmidtchens. Benedikt immer noch unter Dampf: "In diesem Tone - mit mir - mit mir ...!" Und außerdem hatte er Geburtstag. Den zweiundvierzigsten. Aber glücklicherweise fiel ihm in seiner Unstimmung seine Wette wieder ein. KW hatte abgelehnt. Benedikt hatte Recht behalten. Es ist schön, recht zu haben, auch wenn ein kleiner Ärger

15

dabei ist. "Zehn Flaschen Sekt, Kern und Schwinker! Zehn Flaschen! Ist das klar?" Die Geburtstagsstimmung flaute merklich ab. Kern meinte schließlich nur: "Heute ist Mittwoch. Die Sendung ist Donnerstag. Reden wir morgen darüber."

Und so ging die Geburtstagsfeier Benedikt des Zweiten weiter, wenn auch etwas gedämpfter.

Der unabwendbare Abbau der Selbstachtung eines Abhängigen.

Der Abhängige ist KW.

Abhängig ist er von dem Chef der größten Landeszeitung des Landes, von dem Chefredakteur und dem stellvertretenden Chefredakteur. Abhängig durch seine wirtschaftliche Lage, abhängig durch seinen Handelswert an der Börse, von Angebot und Nachfrage.

Und KW wurde nicht mehr hoch notiert. Ein Mann auf dem absteigenden Ast, ein Mann auf Halbgnade. Natürlich konnte man aussteigen. Aber das hieße: gnadenlos leben, Verzicht selbst auf Minimalluxus.

1. Abbaustufe

Nach dem Anruf war KWs erste Reaktion - Empörung. Die Empörung, die lodernde Empörung, entlud sich in Aggressionen auf die erreichbare kleine Umwelt. Telefonhörer auf die Gabel werfen. Benedikt und sein Redaktionsgesocks mit bösen Namensetiketten versehen.

Eine gezielte Demütigung. Eine präzis vorbereitete Gemeinheit. Sie wollen ihn unten sehen. Fußmatte. Abtreter für Benedikt und Gesocks. Letzter Tritt in den Arsch. Gesicht in den Staub. Dreck fressen.
Nein! Niemals!
Aufhören? Alles hinwerfen?

2. Abbaustufe

Was dann?

Die Miete musste bezahlt werden Die Raten für den kleinen Fiat. Das gemütliche Speiselokal in der Ringstraße. Die Flasche Kognak. Hennessy. Seine Spezialmarke.

Alternative: Ausziehen. Kleine Bude. Billiger, viel billiger. Nur noch Zeilenhonorar. Auch nur hin und wieder. Fiatverkauf unter Verlust. Kein gemütliches kleines Speiselokal in der Ringstraße mehr. Imbissbude, Selbstkocher. Selbstversorger. Curry-Wurst mit Senf und Pappdeckel. Aber immerhin - hin gerettet das letzte bißchen Stolz. Hin gerettet - wohin? Wohin gerettet?

Die Stirn schweißig. Und wieder dieses ziehende, leise ziehende, seltsam dumpfe Schmerzgefühl hinter dem Brustbein, dem linken Brustbein.

Ein Arzt. Er musste wieder einmal zu einem Arzt. Einen Hausarzt hatte er nicht. Er ging nicht gern zu Ärzten. Zu den Hinfälligkeitsdeutern, wie er sie nannte.

In letzter Zeit hatte er mehr als einmal plötzlich auf der Straße stehen bleiben müssen. Auch beim Treppen steigen musste er pausieren. Etwas wie Atemnot. Aber eigentlich doch wohl keine Atemnot. Die Kehle war zugeschnürt - ja, eher das. Kein Wunder bei diesem Job - bei diesen Kollegen. Ausspucken das Wort 'Kollegen'. Ausspucken.

Diese merkwürdigen Schmerzen in der Brust - er hatte sie nie sonderlich beachtet, sie nahmen zu. Ja. Sie hatten zugenommen in letzter Zeit. Sie strahlten aus bis in die linke Schulter. Auch in den Arm. Und immer wieder das Ziehen und Kribbeln in den Fingern der linken Hand. Besonders im vierten und fünften Finger. Er war nicht fit.

17

Das stand fest. Er war nicht ganz fit, noch nicht ganz fit. Ein paar Monate noch. Mindestens. Ein Jahr vielleicht. Wenn er mit den Finanzen erst wieder klar Schiff, mit den Schulden - jedenfalls keine Verpflichtungen mehr auf sich nehmen. Sich rüsten für die Zeit später.

Die Stirn schweißig. Und wieder dieses ziehende, leise ziehende, seltsam dumpfe Schmerzgefühl hinter dem Brustbein.

KW erhob sich, ein wenig schwankend, und ging nun, sehr viel langsamer als bei seinem Eintritt in den Park, Schritt vor Schritt heimwärts - zur Spitzmaus.

Das war am Mittwochabend.

3. Abbaustufe

Am Donnerstag, 9:15 Uhr, klopfte die Spitzmaus an seine Türe. Sie musste einige Male klopfen, ehe KW reagierte. Zwei Männer eines Transportunternehmens warteten hinter der Spitzmaus. Sie transportierten einen Farbfernseher.

KW lag - entgegen seiner Gewohnheit - noch im Bett. Er fühlte sich schlapp, ausgehöhlt. Vielleicht lag es am Wetterumschlag.

Er protestierte nicht, als sie den Farbfernseher aufbauten. Direkt neben dem Schwarzweißempfänger. Er ließ den blauen Monteurkitteln freie Hand. Es gelang ihm, fast unbeteiligt zuzusehen. Er quittierte den Transportschein oder was das auch war. Er hatte unterschrieben. Die Würfel waren gefallen. Er hatte unterschrieben.

Vorbereitung zu einem erzwungenen Narrenabend: 'Mainz wie es singt und lacht', 20:00 Uhr.

Der Narrenabend war nun unvermeidbar geworden. Der Farbfernseher stand in KWs Zimmer.

Nach der nunmehr vollzogenen Tatsache verlor der Vorgang einiges von seiner Schwere und Härte. Die Bitternis blieb zwar - der bittere Geschmack. Aber die Annahme des Farbfernsehers durch KW bedingte schon wieder den Ansatz zu einem kleinen, winzig kleinen lebenserhaltenden Zweckoptimismus.

Aber wie auch immer. KW hatte sich zunächst einmal einen Tisch in dem gemütlichen kleinen Speiselokal in der Ringstraße für 18:15 Uhr reservieren lassen. Zu früh natürlich. Ungebührlich früh. Aber seine Begründung dem Chef des Lokals und dem Koch gegenüber – Dienstantritt vor dem Farbfernseher 20:15 Uhr - war plausibel.

Es sollte ein besonders festliches Essen werden. Der Chef des Hauses hatte seine Wünsche gewissenhaft notiert. Als Aperitif eine gut gewürzte Bloody Mary. Danach Wildpastete nach Demoiselle von Stünzer mit einigen KW-Inspirationen. Wichtig war der in Scheiben geschnittene Speck. Scheibe an Scheibe in der Kasserolle. Darauf mussten die Schnepfen liegen. Dazu Zwiebeln, Schalotten, Zitronenscheiben, Pfeffer, eine Nelke, Salz, Mouserons, Champignons, einen großen Spritzer Wein. Und das Ganze langsam gar kochen. Und dann - das war besonders wichtig, KW lief das Wasser im Munde schon jetzt zusammen, wenn er daran dachte, und er dachte gern daran, vor allem, weil bei diesen angenehmen Gedanken der Narrenfernsehabend fast ganz in den Hintergrund gerückt wurde -, ja und dann, das durfte bei einer Wildpastete nicht vergessen werden, die Farce von einer Schweineleber. Außerdem etwas Schweinefleisch. Vorsichtig mit Fett, bitte! Und natürlich - nicht zu vergessen - ein Lot Trüffeln in Rotwein gekocht. Er dachte bei diesem alten Rezept unversehens wieder in den alten Gewichten und Worten. Gewiegte Sardelle. Etwas geriebener Parmesankäse - KW schwelgte in kommenden Genüssen, da der weitere Abend für ihn wahrhaftig keine Genüsse zu bieten hatte.

Danach das Hauptgericht.

Ein Zungenragout nach Baron von Bonin-Altendorf.

Die dunkle Einbrenne sollte sich mit der Zungenbrühe auflösen. Gut kochen. Weißwein. Zitronensaft. Salz, auch etwas Zucker und Maggigewürz. Beim Servieren muss die Haut von der Zunge gezogen werden. Die Schüssel garniert mit Splittergebäck.

Der Nachtisch.

Heiße Himbeeren auf Vanilleeis. Zwei Tassen schwarzen Kaffee. Einen doppelten Hennessy. Und eine besonders gute Zigarre.

KW seufzte. Die Zeit dürfte nicht ausreichen. Die Zigarre würde er vor den Mainzer Fernsehkappen rauchen müssen. Ein Bericht sollte das werden. Er schmunzelte etwas bei diesem Gedanken. Er wollte es ihnen zeigen, es ihnen beweisen, diesen Redaktionsbanditen. Er würde ihnen einen Artikelstreich spielen. Den Abend auf eine ironische Schräge stellen.

KW hatte seinen Gourmetabend genossen. Das Abendessen war - wie erwartet - köstlich gewesen. Ein wenig zu reichlich. KW fühlte sich auf dem Weg zu seinem Spitzmausuntermietszimmer mit der Welt fast wieder ausgesöhnt. Er schwenkte die Einkaufstasche mit der soeben erworbenen Flasche Hennessy an der rechten Hand. Er würde daraus etwas machen, aus diesem Abend. Er würde...

Der Atem machte ihm wieder zu schaffen. Er blieb stehen. Das Essen - das etwas zu reichliche Abendessen. Aber nach kurzer Zeit schon war der Anfall überwunden.

Was heißt schon Anfall? Etwas Bedrängnis - ganz gewiss nicht mehr.

KW stellte den Farbfernseher an. Die Nachrichten begannen zu flimmern.

KW zog die Schuhe aus, knipste die kleine Tischlampe vor dem Sofa an. Stenoblock. Kugelschreiber. Besser zwei Kugelschreiber. Einen Kognakschwenker. Die offene Hennessy-Flasche.

KW legte sich auf die Couch, stopfte Kissen hinter seinen Rücken, goß sich einen großen Hennessyschluck ein. Die Zigarre - Marke Juliette - begann zu glühen und zu dampfen. Genüsslich trank KW einen Schluck des goldbraunen Kognaks. Er leuchtete hell im Schein der roten seidenbespannten Tischlampe.
Die Mainzer konnten kommen.
KW war bereit für sie. Er lächelte.

Seine Niederlage schmeckte noch immer bitter. Ja. Zumindest ein Spritzer Gift war zurückgeblieben.

Der Narrenabend

Eine Ansagerin - neckisch mit Narrenkäppchen und Pappnase. Niedlich. Richtig zum Anwärmen. Eine Blondine. Schräg gestellte Augen. Nicht ganz regelmäßig. Der Busen nicht zu sehen. Der Busen der Ansagerinnen beginnt meist knapp fünf bis zehn Zentimeter unter der Unterkante der Röhre. Fantasietriebauslöser. Und sie lächelt, lächelt, lächelt. Aber doch auch mit Recht, KW. 'Es ist ja Karneval...' Schlagerschnulze von vor zehn, zwanzig Jahren. 'Fassenacht.' Nicht Karneval! Aufpassen, KW! Notieren. Keinen falschen Zungenschlag.

Die blonde Fastnachtssirene schweigt. Nanu - was ist denn - fällt die Sendung etwa aus. Die blonde Flimmerpythia blickt lange schweigend und bedeutungsvoll.

21

Irrtum. Marschmusik. Schade. Nur kleine Sendepanne. Schade. Wäre auch undenkbar. Ein Volksstamm, Völkerstämme. Ein ganzes Volk wartet auf das bunte Määänzkarussell. Nein. Nicht alle - alle nicht! Es gibt auch Schwerlacher in diesem Lande. Die Norddickblüter zum Beispiel - aber auch sonst hört man ja ...

Marschmusik. Uniformen. Jetzt viele. Viele - der Saal. Kopf an Kopf. Kein Abschwächen. Körper an Körper, Sardinenbüchse. Eng. Sardinenbüchse macht durstig. Zwei Schluck. Auf der Zunge warten lassen. Hennessy. Gut temperiert.

Der Saal. Marschmusik. Uniformen. Preußische. Nein - das doch wohl nicht. Österreichische. Vermutlich. Sicher näher gezielt. Oder französische. Ach was - einfach Fantasieuniformen.

Fanfaren. Degen. Gezückt. An der Schulter. Offiziersehrenhaltung. Narrenoffiziersehrenhaltung. Dreispitz mit Hornbrille. Nanu? Warum denn nicht? Gut so. Narrenspiel. Schnurrbärte. Mädchen in kleidsamen Uniformschwenkeröckchen. Minischwenkeröckchen. Schenkelgeschimmer. Mimosensträußchen. Gelb. Pudrig gelb. Trommler. Harter Marschrhythmus. Tarumtarum – tarumtarum. Kinder. Mädchen. Knaben. Kinderuniformen. Österreichische, französische oder - ? Der Sprecher darüber. Der Fernsehsprecher. Die Stimme etwas erhoben – darüber sprechend. Muss er ja - der Lärm - die Musik.

Und das Publikum. Die Gäste im Saal. Sardinenspaliere. Händeklatschen. Winken. Ein Herz und eine - mein Gott, sind die denn wirklich lustig? Sind die denn wirklich schon lustig? Heiter? Wovon denn? Es hat doch eben erst - es fängt doch gerade an. Der Wein. Mögliche Erklärung. Flasche 67 Mark - das muss lustig machen.

Es hört nicht auf. Pseudogrenadiere. Fangschnüre. Grenadiere mit Schürzen. Dreispitze. Frederizianische Uniformmützen. Doch. Das müssen frederizianische sein - mit dem Blech - dem Messingschild - dem großen Schild. Es blitzt im Scheinwerferlicht. Degen. Uniformmützenschilder. Gewienerte Trommeln. Weiße Westen. Uniformwesten.

Smoking. Weiße Westen. Fliegen. Im Saal. Auch dunkle Anzüge hin und wieder. Abendkleider. Ketten. Ringe. Frisuren. Orden. Ordensbänder bei dem Elferkomitee auf der Bühne. Bei den Grenadieren. Den Narrenoffizieren. Narrenorden am Bande - an Bändern - an bunten Bändern. Übereinander gehängt.

Fahnen. Weck- und Wurstfahnen. Eine Elf in die Mitte gestickt. Standarten.

Musik. Marschmusik. Trommeln.

Wo ist der Block, der Stenoblock. Notieren. Notizen. Einen Hennessyschluck. Zigarre dampfen lassen.

Sie marschieren noch immer. Alter Witzeinfall dabei. Theaterschmierengag. 20, 30 Figuren auf die Bühne marschieren lassen. Abgang durch die Gasse. Durch eine andere Gasse hintenherum wieder auf die Bühne marschieren lassen. Immer wieder - immer wiederholt. Riesiger Umzug. Beeindruckend. Bis der Dicke in der zweiten Reihe zum dritten Mal über die Bühne ...

Nein. Das ist hier anders. Das ist echt. Das ist nicht gestellt. Es hält auf der Bühne - der bunten, geschmückten Narrenbühne - vor dem Präsidiumspodest - und es strömt weiter auf die Bühne. Eine ganze Narrenstadt ergießt sich - ein Pappnasenorgasmus. Eine Mantel - und Degenorgie.

Glocken. Eine große Tischglocke vom erhöhten Tisch des Elferkomitees. Der Präsident. Der Präsident persönlich betätigt sie und erreicht eine annähernde Ruhe, um seine launigen Begrüßungsworte loswerden zu können.

Applaus. Tusch. Musik. Trommeln. Applaus.

Abzug der Garden. Der Prinzen - der Ranzengarde. In der Loge der Gastbesuch Ihrer Tollitäten. Prinzessin Edita verneigt sich graziös. Tosender Beifall. Auch als Prinz Jürgen mit Zepter und Narrenkappenkopf nickt und winkt ...

Die Zeremonien sind vorüber. Der Anfang ist gemacht. Die Anfangszeremonien sind over. - Bleib deutsch, Jürgen Westphal! Nachgießen ein guter Tropfen.

Die ersten Programmnummern laufen. Narrhalla - der Himmel der Narren steht offen.

Eine schwache Nummer, die erste. Ein Dorfpolizist. Dicker Bauch und Pickelhaube. Rote knollige Narrennase. Umweltschutz und ein bißchen Geschlechtsverkehr. Hundekacke und Familienausflug.

Auch in der nächsten Nummer geht es um Darm, Busen und Geschlecht. Und die Menge tobt. Die Fäkaliengesellschaft fühlt sich wohl durch Bühnenfakten bestätigt. Kreischen einiger Schamprüdeabendkleiddamen, wenn der Vortragende unüberhörbar deutlich wird. Wollüstiges Erschrecklustschreien. Mit einem Wort - es wird immer gemütlicher.

"Einen Mann muss man verwöhnen ..." Ein singendes Narrenmädchen.

Den Narrenkappenkopf walzerrhythmisch dazu bewegt. " Einen Mann muss man verwöhnen ..."

Plötzlich - KW richtet sich auf. Er hält sich an der Couch fest. Mit beiden Händen jetzt am Tisch. Plötzlich - die Tischlampe schwankt gefährlich - plötzlich - da - da ist es wieder - der Schmerz in der linken Brust am Kiefer - bis zum Kiefer - bis zum linken Kiefer - und der Schraubstock um die Brust - Luft - mehr Luft - es hatte wohl schon vorher - wohl schon vorher leise - heimlich begonnen ...

"Einen Mann muss man verwöhnen ..., denn für einen Mann, mein Schatz, da gibt es kein' Ersatz ..." zwitschert die wiegende Narrenfee.

Nur tief atmen. Tief einatmen. Geht nicht. Neuer Versuch. Schweiß auf der Stirn.

Dialektröhrenaufmarsch. Bärte. Schnurrbärte, Spitzbärte, Backenbärte. Lange Bärte, kurze ...

Nur aus den Augenwinkeln noch aufgenommen. Ungewollt. Nur, weil es da ist. Nicht wegzuwischen.

Neue Nummer. Präsidentenglocke. Jubelnde Antwort aus dem Saal. Marsch. Narrhallamarsch. Einführen – Vorführung eines neuen Vortragenden. Eine Frau - ein Mann - eine Frau als Mann. Luft - nur Luft. Und Festklammern am Tisch. Halt vor dem Schwanken. Halt. Festhalten. Aushalten.

Ein dunkler Dämon - ein dunkler, dämonischer Dirigent - er verzaubert, verwandelt plötzlich alle Instrumente - alle Narreninstrumente - alle blitzenden Narrenmusik-Instrumente in Samt - dunklen - schwarzen Samt – Samtmusik gedämpft - dumpf - nichts Blechernes mehr - nichts Blitzendes.

Beate Uhse – Beate Uhse ist dran – Beate und ihr Neger. Ihr Negerfreund und ihr eifersüchtiger, ehelicher Sexproduzent - Millionenberater - wie man Geschäfte macht – schwarze.

Narrhallamarsch.

Der Krampf löst sich - er löst sich langsam - aber er löst sich. Die Stirn abwischen. Mit der Hand. Haare zurück streichen. Schweiß. Kalter Schweiß. Angstschweiß. Mit zitternden Händen einen doppelten Hennessy eingießen.

Einen Schluck. Einen kleinen und großen nachgeschikkt. Verdammt, was war das? Das war nahe. Nahe? Nahe bei was? Aufstehen. Die Knie schwach. Setzen. Sitzen bleiben. Erholen. Erst wieder zu Kräften - warten, bis Schwäche vorüber ist. Und atmen. Ruhig. Gleichmäßig. Nicht zu tief. Nichts provozieren. Kleine Atemzüge. Ganz kleine, vorsichtige.

Das Ballett hat Auftritt. Gazeröckchen. Knapp hinter der Rampe. Vor dem Elfertisch. Tanzschritte. Wirbel. Weiße Höschen. Beine hoch. Füße über Haarscheitel. Gemeinsamer Uwe-Seeler-Elfmeter. Tooooor! Der saß. Die Busen hüpfen und wippen. Dankesworte des Präsidenten. "Einstudiert von der verdienstvollen ... Unsere Hupfdohlen ... unsere Springvöglein ..." Narrhallamarsch abgeleitet.

Vorsichtig bewegen. Langsam. Nicht zu hastig. Gott sei Dank. Das war noch mal - das ging noch einmal vorüber. Nicht ganz - es ist noch da. Es hockt da irgendwo in der Brust. Nicht wecken. Nicht aufwecken. Nicht reizen. Tot spielen. Erschrecken. Nein - auch nicht tot spielen. Nur verebben - auslaufen lassen - kleine Schmerzen sind keine Schmerzen.

Die Zigarre aus dem Mund gefallen. In den Aschbecher legen. Nein. Ausdrücken. Ein Loch in der selbstgehäkelten Tischdecke der Spitzmaus. Glimmt noch. Stinkt widerlich. Ausdrücken. Ein schwarzes, häßliches Loch. Das musste er der Spitzmaus als erstes sagen.

Noch einen Schluck. Einen kleinen nur.

Autobrille. Automütze. Pult. Tisch. Ein Autofahrer und
seine Nöte.

"s gibt Mädche,
na man glaubt es kaum,
die habbe Röckche mit nem Saum,
der reischt noch nicht mal bis zum Knie,
bedeckt nur knapp noch das Pipi -"

Kreisch- und Lachwelle.

Krampfwelle - ganz leichte Krampfwelle wieder. Nur
eine Ausebbe - kein Flutbeginn. Glauben. Daran glauben.
Fest - fest daran glauben. Ausebbe. Der Glaube kann
Berge versetzen - warum solle er nicht auch –

"Doch mir arme Autofahrer!
Mir sehe net mehr die Straßenschilde,
mir gucke jetz nach annre Bilde -"

Vorsichtig bewegen. Langsam, nicht zu schnell. Es ist
noch da. Es hockt da irgendwo in der Brust. Geduckt.
Hingeduckt zum Sprung. Vielleicht. Sicher. Nicht wek-
ken. Nicht aufwecken.

"Die Beine von de kleine Mädche?
Die kriege uns im Nu ans Fädche -"

Es geht nicht zurück. Es geht nicht zurück. Geht nicht
ganz zurück. Nicht ganz wieder zurück. Es ist da. Noch
da. Genauso groß - genauso gefährlich - Es ist noch –

"Paba! Du sollst aufs Straßche achte!
Als sei Frau des rief - es krachte.
Die Kotfliegel sind nu verbeult,
rief seine Frau un hat geheult.
Minimädche sin zwar schee,
doch keine Autofahrerfee."

Gelächter. Beifall. Händeklatschen. Trampeln. Narren-
erdbeben. Angst. Angst. Angst steigt auf. Überholt das
Tier in der Brust. Das gemeine, das gefährliche Klam-
mertier in der Brust. Das hingeduckte.

" - Der Vater wedd nu abgeschlebbt.
Un widder streischt e Wibberröckche -"

Der Präsident ist in Stimmung. Der Elferrat. Das Publikum. Der Präsident hat sein Publikum. Das Publikum
seinen Präsidenten. Sie rücken näher. Rücken sich näher.
Er sagt eine Rakete an. Ein Dank an den Autofahrer.

Klopfen auf den Tisch. Trommeln auf der Tischplatte.
Händeklatschen. Pfeifen.

Die Rakete steigt - die Rakete steigt - verglüht irgendwo
im Narrhallahimmel.

Die Angst steigt - die Angst. Die Enge - es wird enger.
Das Atmen. Atmen müssen. Man muss doch - man muss
doch atmen. Durch - durchatmen. Es - geht nicht - enger.
Noch enger. Das Tier wird groß. In der Brust. Der Arm.
Die Schulter. Der Kiefer. Das Herz. Das Herz in den
Pranken des Tieres.
Fest - festgehalten. Zusammengedrückt.

Die Trommeln. Tusch. Und noch einen Tusch.

Bum - bumm - bumbumbumm - unregelmäßig. Ohne
Rhythmus. Jetzt schnell - rasend schnell. Wasser -
Schweiß in den Augen. Blick getrübt. Schweiß. Der
Schlag. Der Herzschlag - langsam - langsam. Jetzt - der
nächste - der nächste Schlag. Der nääääächste Herz-
schlag. Bitte - bitte!!! - Der nächste dumpf - jetzt endlich.

Narrhallamarsch.

Dumpf jetzt - von innen gedämpfter Hammer. Watte-
hammer an die Rippen - in Abständen. Von innen an die

Brust geschlagen. Harte, schwere, wuchtige Schläge.
Dampframme jetzt. An die Rippen. Aufstehen. Nicht liegen. Nicht liegen bleiben. Für immer sonst - vielleicht für
immer liegen. Nicht mehr auf können. Wehe - wenn ich
nicht mehr aufstehen kann. In die Knie gesackt. Vor dem
Tisch. Dem roten Seidenlampentisch. Auf - auf – auf-
taumeln. Festhalten am Klavier am nie benutzten Klavier.
Warum habe ich nur nie Klavier spielen gelernt - warum
- habe - ich - nur nie - Wegtaumeln. Zur Luft. Zum Fenster. Zum Fenster - .

Dachdecker. Singende Dachdecker - einer. Zwei - eine
ganze Bühne voll singender Dachdecker.

"Gucke mal, wie der guckt.
Gucke mal, was für'n Hampelmann,
gucke mal, wie der schluckt -"

Fensterriegel. Aufmachen. Aufreißen. Die Hand zittert.
Die Hand folgt nicht dem Befehl - dem Gehirnbefehl. Sie
kann - den - Riegel - nicht auf - nicht öffnen.

Endlich - endlich auf - auf.
Halb über der Fensterbrüstung hängen. Atmen. Atmen.

Eine Faust. Eine eisige Faust mitten ins Gesicht. Die
Luft. Die kalte - die eisige Faust - Schreiben - Gurgeln –
Lallen - Lasst doch mein Herz - lasst doch mein Herz los.

"Am Aschermittwoch werde ich dich lieben -" von ir-
gendwoher.

Die Herzfäuste. Die Angstpranken. Zurücktaumeln –
zurück vom tödlichen Fenster - zurück von den Februar-
Eiswogen - von der tödlichen Luft - Festklammern an der
Kommode. Nicht hinfallen - nicht stürzen - nicht auf dem
Teppich liegen bleiben. Oben - oben bleiben.

"Kinder, wir leben nur einmal - genießt eurer Glück - "

"Das ist nicht dein Gesicht. Das ist nicht dein Gesicht" Das ist nicht KW. Wer ist das - wer ist - wer glotzt da aus dem trüben Glase - Wer stiert dich da an - Angst – schmerzverzehrt. Die Lidspalten weit - Riesenaugen – Augen - Gigantaugen - Riesen - aufgerissen – durchdringende, flehende, bittende Augen - Mund auf - weit aufgerissen - lautloser Schrei - Stirn - faltig - tiefe Furchen - längs - Querfalte - gelbliche, fahle Haut, verdickte, geschlängelte Adern - trockene Lippen.

Schunkelmarsch. Lichtblitzer - Blitzlichter. Auf den Stühlen. Auf den Tischen.

"Zupft euch mal am Öhrchen,
greift euch mal ans Näschen -"

"Vater unser - Vater unser - Vater unser - hilf - hilf mir Gott. Hilf mir, mein Vater - Geheiligt sei dein Name - Hilf mir - Hilfe! Hilfe!"

"Streicht euch mal die Bäckchen,
und danach gebt euch einen,
einen superfeinen -"

"Dein Wille geschehe - Nein! Dein Wille geschehe nicht! Geschehe nicht! Hilf - hilf mir - Geheiligt sei dein Name. Vater unser - Unser täglich Brot - Unser täglich Herz - Gib mir mein täglich Herz wieder. Vater!! Gott! Herrgott! Hilfe!!!"

"- gebt euch einen,
einen superfeinen,
einen klitzekleinen,
süßen - zuckersüßen Kuss."

Er hat mich erhört - Gott sei Dank. Ich danke dir, Vater. Ich will ein Christ werden. Ich will alles tun. Lass nur die Pranken - lass die Hände von meiner Brust - meinem Herzen - Amen - Amen. Amen. Amen"

Sich aufrichten. Sitzen auf der Couch. Anlehnen. Ru-
hen. Ausruhen. Versuchen. Spannung - die Anspannung -
ent - entspannen - versuchen.

Es ist nicht vorüber. Nur - nur etwas - ge - mildert - nur
etwas gemildert. - Warum geht es denn nicht - geht es
denn nicht vorbei.

Das Telefon.

Einen Arzt. Das Telefon - zu weit - zu weit weg - nicht
erreichbar mit der Hand - Nein. Nicht aufstehen - nicht
versuchen, aufzustehen - nicht noch einmal - Geht auch
nicht.

Das Fenster.

Wenn ich es nur geschlossen - die Kälte. Der Schweiß.
Trotz allem - Schweiß - Hitze - nass die Stirn, das Gesicht. Der Rücken.

"Helau! Helau! Helau!"
Der Saal tobt.

Der Schmerz - er steigt - steigert sich wieder - er tobt -
er tobt sich wieder aus. - Die Flut steigt - steigt bis ans
Kinn. Die Saalnarren. Hände an den Schultern. Reihen-
schunkeln. Gehorsam. Schunkelmarsch.

"Wer soll das bezahlen,
wer hat soviel Geld,
wer hat so viel Pinkepinke -"

Hintasten mit der Hand zum Tisch. Kognak, Hennessy.
Die Flasche fällt, sie kippt um. Der Schnaps - der edle -
die braune Franzosenflüssigkeit gluckert nieder - auf den
Spitzmausteppich - gluckert aus.

Nur Fetzen vom kunterbunten Geschehen erreichen
noch die Augen und Ohren KWs - qualvoll. Quälend -

quälend falsch - fortlenkend - ohne fortzuführen - ohne Erlösung. Qual - Angst - und Peinprismenspiegeldrehen über einer schrecklichen, entsetzlichen Geradeausverzweiflung - drehen - magenumdrehend - nicht abstellbar - und nicht anzuhalten.

"Vieles matt und manches Scheibe -"
Wohl auf Fernsehen gemünzt.

Glas. Schwenker. Erreicht. Zerbricht unter der unsicheren Tasthand. Scherben. Hand zerschnitten. Schmerzlos. Zu klein der Handschmerz. Blut. Keine erlösende Hennessy-medizin. Woher auch? Nur enger - immer enger - Angst - Hand an der Kehle - an dem schmalen, engen, winzigen Luftschlauch. Zerschnittene blutige Hand an der Kehle. Im Gesicht. Am offenen Röchelmund. Blutmaske das Gesicht. Narrennase. Rote Narrennase. Blutmaske.

"Der Otto macht den Schotto wieder flotto -"

Aufbäumen. Aufbäumen. Noch einmal - nein! Nicht noch einmal. Wieder - immer wieder. Die Lampe stürzt - fällt zu Boden - auf den Teppich - unter den Tisch. Dunkel jetzt - fast dunkel - nur das bunte Röhrenzauberlicht - zuckend bei Bildwechseln - zuckend.

Zuckend - zitternd KW. Gefesselt. Endgültig – unauflösbar. Mit unauflösbaren Fesseln die Brust, das Herz - zugeschnürt - verschnürt.

"Humpta, humpta, humpta, humpta täterä, täterä -"
Grauen - fast ausgemessenes, gefühltes Grauen - wach - noch wach - sein - mit vertrübten Augen - aber wach, alles fühlend, erfühlend, erlebend - durchfühlend – vernichtend - Vernichtungsgefühl - atemlos fast - ein entsetzliches Vernichtungsgefühl - auslöschen - aus - aber noch wissen - der Schirm - die Röhre - weit, weit weg,

kaum noch zu sehen - zu hören - wahrzunehmen. - Auch
der Tisch - die Couch unter dem Rücken - vorhanden -
noch vorhandene Schmerzpartikel aus Materie - Teile
eines schrecklichen, gegenständlich geformten Schmer-
zes - Folterwerkzeuge, festgewachsen, festgebunden
noch daran - mit Tauen - Stricken, mit Sehnen, mit den
Nerven daran festgewachsen - erst jetzt im Schmerz erkannt, erspürt - an den Tisch - der bunten Flimmerlicht-
scheibe.

"Wenn eine alte Scheune brennt -"

- an Worte - Wortteile - Singteile - verankert - Sehnen –
Nerven - Stricke - Taue - jede einzelne muss reißen -
muß abreißen - mit Schmerzen mit Nerventodeswehen -
Todesfolter - Sterbestrecknervenbett - Sehne um Sehne -
Nerv um Nerv.

Ganz weit - ganz weit weg schon das Musikfolterwort-
anrühren.

" ... Helau - so sagt man nicht am Mississippi ..."

Und immer angespannter werden die Stricke, die Sehnen, die Nervenstränge - immer weiter fort fahren sie -
die Tische - Worte - Stühle - Töne - wie auf Schienen -
wie auf -

Da reißt eine Saite - kein Schrei mehr möglich - kein
Schmerzensschrei - keine Luft dafür - und wieder eine -

Trommelwirbel. Fanfaren.

Das Herz schlägt rasende Wirbel. Das Nasse im Munde
geschmeckt - Brechreiz - ohne Erfolg – Erstickungs-
brechreiz.

Kein Beten - mehr - der Tod. Das ist der Tod - ganz nahe - Angst - himmelhoch - höher als jedes Gebet – höher
als die Welt.

Blasendrang - Urin fließt - der Darm - der Darm entleert sich - die Muskeln geben auf - die letzten Nervenstricke, die Nervensaiten sind nicht mehr stärker zu spannen - die entsetzliche Todesgeige ist angespannt - sie reißt nun – Saite - um Saite.

Weiß das Gesicht - weite Augen in eine nicht erkennbare Ferne gerichtet.

Der Kopf - es wird trüber - dunkel - der Schmerz verebbt in dunklen Wellen - ins dunkle Wellengewoge - ins Dunkle - in unendliche Finsternis - ins Unendliche.

"So ein Tag, so wunderschön wie heute,
so ein Tag, der dürfte nie vergehen ..."

KW wird es in seinem Bericht im Jenseits nicht mehr erwähnen.

Die Spitzmaus fand KW am Nachmittag des nächsten Tages. 16:45 Uhr. Das ungewollte Geräusch eines Kinderfernsehprogramms aus ihrem Vermieterzimmer hatte sie neugierig gemacht. Als sich nach mehrmaligem Klopfen und fortgesetzten Rufen KW immer noch nicht meldete, öffnete sie einfach die Tür. Nur einen Spalt breit. Ihre Augen huschten mäuseflink durch das Zimmer. Als erstes fielen ihr die umgeworfene Kognakflasche und das zerbrochene Glas auf. Die Scherben und der feuchte Fleck auf dem geerbten Teppich alarmierten sie. Uns als sie noch die Hand des auf dem Sofa liegenden KW entdeckte, schien sich ihr schlimmster Verdacht zu bestätigen. KW hatte sich betrunken - besoffen. Sofort wieder heruntergeschluckt dieses häßliche, unanständige Wort. Die Spitzmaus war empört. In Maßen - versteht sich, denn ihr Talent zu Empörungen ging mit ihrem Mäusetemperament Hand in Hand. Zu einer hellen, flammenden Empörung reichte das nicht.

Sie kam nicht sofort auf den Gedanken, dass KW tot sein könnte. Als ihr schließlich dämmerte, dass hier etwas geschehen war - etwas Erschreckendes geschehen war, blieb sie erstarrt und ratlos stehen. Dann stürzte sie, so schnell ihre Füße konnten, aus dem Zimmer, die linke Hand vor den Mund gepresst, als ob sie einen Schrei zurückhalten müsse. Das Telefon. Anrufen. Wen? Wen ruft man denn nur in solchen Fällen - den Arzt. Die Hände zitterten. Nicht möglich, eine Telefonnummer aus dem Telefonbuch herauszusuchen. Wen auch? Ihren Hausarzt? Wie hieß er nur? Doktor - Doktor Haussen - nein. Die Polizei. Notruf. Eins, eins, null.

Nachruf der unmittelbar und mittelbar von KWs Tod betroffenen.

Die Spitzmaus: Herr Westphal - ja - er war ein netter, ein sehr netter Untermieter. Ein Herr. Ein vornehmer Herr. Nur das Rauchen und der Alkohol. Ja - das war schade. Sonst gab es nicht viel auszusetzen. Etwas ungesellig - ja, das war er. Das musste man zugeben. Diese stinkenden Zigarren. Sie hatte ihn schon immer gewarnt, aber er wollte ja nicht hören - nicht einmal zuhören. Vielleicht würde er noch leben, wenn er auf ihre Ratschläge –

Benedikt: (Zehn Flaschen Sekt hatte ihn KW gekostet) Zehn Flaschen. Eine leichtsinnige Wette bei so labilen Typen wie diesem KW. KW musste doch wissen, dass nichts - nicht viel passieren konnte, wenn er endgültig nein gesagt hätte. Ein dummer Kerl, dieser KW. Nun ja - er ist tot.

Paulsen: Armer Kerl Es muss schrecklich sein, so zu sterben. Und ganz allein. Einsam. Niemanden zur Seite. Noch nicht mal einen Arzt. Nein! Nur nicht so sterben müssen. Überhaupt an Tod und Sterben - lieber nicht daran denken. Bei KW konnte man ja sehen, wie schnell so was - nein. Nicht daran denken. Er würde es schon noch eine Weile machen, seinen strohblonden Stoppelkopf hochhalten. Übermorgen Beerdigung KWs. Eine halbe Stunde vor dem Fußballspiel Real Madrid gegen Ajax Amsterdam. Europacup. Eine Termineinteilung ist das wieder mal.

Kern und Schwinker:

Kern: Mach die Flasche noch nicht auf. Die müssen wir schon mit Benedikt und den anderen trinken. Er hat sie ja schließlich verloren.

Schwinker (die Flasche Sekt in der Hand betrachtend): Also mir ist das unheimlich. Gestern noch auf stolzen Rosen.

Kern: Der machte mir schon lange einen wackligen Eindruck. Ist dir mal aufgefallen, wie die Ader - die dikke blaue Ader an seiner Schläfe - immer pulsierte?

Schwinker: Ich dachte, er wäre einfach nur – exzentrisch. (Er hatte zwei Semester Germanistik studiert und fühlte sich - nicht zuletzt daher - Kern weit überlegen, obwohl er nur das Lokale zu redigieren hatte.)

Kern: Den Kranz habe ich bestellt. Hoffentlich wird rechtzeitig geliefert.

Schwinker (grinsend): Das wäre allerdings - wenn die ganze schwarze Redaktionsgemeinschaft kranzlos am offenen Grabe –

Schmidtchen: Und er würde wieder die Drecksarbeit machen müssen - den Kleinkram, wenn die anderen weg waren - zur Beerdigung. Den letzten beißen die Hunde. Einer musste ja die Stellung halten. KW tot - (kopfschüttelnd). Ob seine Mutter zur Beerdigung - Quatsch.

Dafür war er schon zu alt. Eine Frau hatte er auch nicht. Kinder? Woher denn? Na, das weiß man nie. Ich möchte zu gerne wissen, wer außer dem Redaktionsclub sich noch auf die Kirchentrauerholzbänke setzen wird.

Ein Pathologe vor den Studenten des ersten Semesters: Die Folgen einer Koronarinsuffizienz für den Herzmuskel bestehen in ischiämischen Nekrosen. Sie sitzen hauptsächlich in den Innenschichten des linken Ventrikels und in der Papillarmuskulatur. Der Verschluss eines größeren Koronargefäßes führt zu einem ischiämischen Myocardinfarkt. Früher bei den Sektionen von Hypertonikern fand man oft schwere sklerotische Stenosen gerade der periphersten Koronaranteile. Bei Arteriosklerose ohne Hypertonie sind dagegen meist die größeren Koronararterien befallen ... Angina pectoris entsteht bei einem Missverhältnis zwischen Blutbedarf des Herzmuskels und koronarer Durchblutung ... Nicht jede Koronarinsuffizienz verursacht den Schmerz der Angina pectoris. Sie entsteht besonders dann, wenn plötzlich ein erhöhter O2-Bedarf vorliegt. Das kommt beispielsweise bei oder nach schwerer körperlicher Arbeit vor. Bei schneller Herzschlagfolge - Tachycardie - auch häufig psychisch ausgelöst - und bei plötzlichem Temperaturwechsel...

Noch ein Wort zur Ursache der Koronardurchblutungsstörung. Meistens: Sklerose der Gefäße, aber auch Krampfzustände. Das Nikotin spielt bei Durchblutungsstörungen oder Herzinfarkten eine besondere Rolle ... Bei vegetativen, labilen Menschen kann es neben anderen Symptomen vegetativer Erregung Gefäßspasmen hervorrufen...

Die Erzählung war zu Ende gesprochen. Sie war zu Ende gespielt worden.

Diagnose

Ich heiße Alfred Spirreg, bin 48 Jahre alt, verheiratet, zwei Kinder. Dieser Tag hat ein festes Datum, es ist ein bestimmter Tag, ein Kalendertag, ein fettgedruckter Kalendertag. Kein Feiertag vermutlich, sicher auch kein Sonntag. Ich habe Tag und Nummer vergessen. Sie sind mir entfallen bei meinem Absturz in dieses mittelgroße Zimmer, das ich früher einmal mein Arbeitszimmer nannte. Heute ist es der Warteraum zur endgültigen Erledigung, zur letztendlichen Lösung des Falles Alfred Spirreg, 48 Jahre alt, verheiratet, zwei Kinder.

Ich sitze an meinem Schreibtisch, zwei weiße Blätter Schreibmaschinenpapier DIN A 4 vor mir und schreibe. Ich will versuchen, meinen Fall mit einem Kugelschreiber blau auf weiß niederzuschreiben, aufzuzeichnen, was mir in Los Angeles während einer Geschäftsreise geschah. Ich will es festhalten, um es mir begreiflich zu machen, den Vorgang in die Hand zu bekommen, ihn bewältigen, überwältigen zu können. Ich hoffe es.

Die Tür zu meinem Arbeitszimmer ist abgeschlossen. Nicht von mir. Von meiner Frau, meinen Kindern und nachbarlichen Freunden. Von außen abgeschlossen. Ich bin festgesetzt, gefangen, eingefangen. Ich habe zu warten, bis die Türe wieder aufgeschlossen wird – von außen aufgeschlossen wird. Von Männern in weißen Kitteln, erfahrenen, kräftigen Männern, Abtransportern, Experten, Vollziehern. Und es wird ganz von mir abhängen, ob sie mich mit ihren Erfahrungspranken packen oder nur führen. Es wird ein kurzer Weg werden. Ein Gitterauto wird vor der Haustür warten. Die Ankunft ist dann schon reine Routine – die Ankunft im Irrenhaus. Ich weiß, dass ich es meiner Frau, den Kindern und den nachbarlichen Freunden eigentlich schuldig wäre, mich zu wehren, zu toben, mich abschleppen zu lassen. Mit rollenden Augen. Mehr weiß als Pupille. Mit Schaum vor dem Keuchemund. Ich bin es ihnen eigentlich schuldig. Es würde sie rechtfertigen. Ich wäre es ihnen schuldig – ohne Frage – um sie unschuldig zu machen.

Ich habe – ich leide an Zwangsvorstellungen – an einer Zwangsvorstellung: Ich stehe in einem senkrecht aufgestellten Sarg, in einer rechteckigen Beerdigungs-Schachtel aus Holz.

Gedämpftes Dumpfspiellicht von allen Seiten, garniert mit orangejackettierten, schwarzhosigen Kellnern, spanisch bunten Tänzerinnen, Olégitarristen in Schwarz und Silber und einer Kette blaßblauer Wasseraugen. Ich stehe in dieser engen Zaubertotenschachtel und schreie mir die letzte Luft aus den Lungen – denn ich lebe noch.

Ich habe – ich leide an Zwangsvorstellungen – an einer Zwangsvorstellung. Und alle, die mir wohlwollen, mich lieben und achten, wollen mich jetzt zwingen, die Zwangsvorstellung zwangsweise, mit Hilfe von Zwangswärtern und Zwangsjacke, in einer Zwangszelle unter Beobachtung und Behandlung von Zwangsärzten abzulegen, aufzugeben, fortzuwerfen.

Ich selbst halte mich für normal verstört. Und ich will versuchen, das durch meinen Bericht zu beweisen, der nichts verschweigen, dem ich nichts hinzusetzen will – so wahr mir Gott – lieber nicht. Ich stehe ohnehin schon auf schwankendem Boden – Grunde. Soul-Quake. Amen.

An einem Tag im Mai.

Klingt wie ein Schmalzschlagertext. Wegwischen den Gedanken. Kein Abirren vom schwarzen Zielpunkt. Scheuklappengeradeaus. Also – Mai. Los Angeles. Neun Uhr abends. Olvera-Street. Sant-Ana-Inn. Eine Geschäftsverabredung mit Peter Geh. G-E-H. Eingewandert vor zwei Generationen aus Deutschland. Unterschreibt seine Briefe meist nur mit Peter G Punkt. Als Gag.

Habe G. nur einmal flüchtig gesehen. In einer Hotelhalle in New York. Blaugestreifte Krawatte mit Gold. Viereckige, blitzende Goldmanschettenknöpfe mit irgendeinem Muster. Knopfaugen. Braun. Hundeblick. Sonst Gesicht vergessen. Bügelfalte zum Schneiden.

An einem Ecktisch im Santa-Ana-Inn. Ein Saal. Groß. Mit Empore, Gästegalerie und ausgesparter quadratischer Tanzfläche in der Mitte. Gedämpftes Stimmungslicht. Rot, gelb, blau. Kein Gast außer mir. Aber Treffpunkt stimmt. Santa-Ana-Inn. Neun Uhr abends. Olvera Street. Meine Handschrift. Festgehalten im braunen Ledernotizbuch. Irrtum ausgeschlossen.

Stille. Nur Hintergrundgeräusche. Nicht genau definierbar. Schritte. Klirren, möglicherweise von Gläsern. Geflüster unverständlich. Aus dem diffusen Licht ein Kellner. Plötzlich. Unerwartet. Überraschend. Nur Ohr. Über einer orangefarbenen Kellnerjacke mit schwarzem oder dunkelblauem Kragen. Ich will bestellen, aber ein zweiter Kellner steht auf einmal neben meinem Tisch und stellt einen Drink vor mich hin. „Tequila Margarita mit Salzrand, Senhor, Sir, Mister. Was ist Ihnen lieber?" Liebenswürdig angrinsend. Eigentlich wollte ich ja einen Tequila Cocktail bestellen. Ich gebe es auf nach zwei Blicken in die Gesichter der Kellner. Ich wage es nicht mehr.

Fünf Kellner stehen jetzt schon um meinen Tisch herum. Grinsend. Scheinhöflich. Unbestimmbar drohend, bedrohend. Bereit. Wozu? Sie warten. Sehen mich an. Ich bestelle – das Nächste, das Nächstbeste, ein Enchiladas de Pollo. Sie scheinen zufrieden zu sein.

Ich bin wieder allein. Zwei silberschwarze Gitarrenspieler vor meinem Tisch. Mexikorhythmen. Liebesschluchzlieder. Spanische Mexikonachtigallen. Der letzte Schwirrschlag über die Saiten. Beifall. Sich steigernd. Von allen Seiten. Ringsherum. Sie stehen an den Wänden. Sie rücken vor – zu mir. Beifallklatschend, fordernd. Sie kreisen mich ein. Orangekellner, ein , zwei Tänzerinnen – wie ich annehme. Spanisch verkleidete Kellnerinnen mit alten Gesichtern. Alle Augen auf mich gerichtet. Beifall wie Salven abgefeuert. Ich klatsche laut und schnell den Gitarrespielern zu. Die Orangenen bleiben stehen. Auch die mexikanischen, bunten Spanienkleider halten. Aber sie visieren mich weiter an.

Eine Suppe dampft. Die Orangenen und die spanischen Kleider beobachten mein Löffel-auf-und-ab aufmerksam. Sie kommen nicht näher, aber sie weichen auch nicht.

„Olé", schwirrt die Gitarre. Ich blicke mich um. Der Saal kommt mir kleiner vor. Geschrumpfter. Ganz sicher. Die Wände sind zusammengerückt. Näher zu mir.

Rote Mädchennetzstrumpfbeine stampfen Flamenco-Stakkato. Der rosa und der blaue Rock wirbeln vor meinem Tische. „Olé"! „Enchiladas de Polle, Senhor oder wer sie auch immer…" Ein Orangefarbener reißt mir das Margaritaglas vom Munde. Ein neues Glas. Zwei Gläser. Drei. Schimpansenlächeln der Kellner. Am Munde der Salzrand.

Netzstrumpfschenkel. Grüne Schlüpfer. Trommelsohlen, Stöckelabsatzgeklapper. Hart. Herausfordernd. Trommelklapperstampfstraße zu einem Bett, zu weißen Coitusbettlaken. „Olé!"

Ich habe eine Verabredung. Eine Geschäftsverabredung mit G. Wie spät ist es? Die Uhrzeit ist nicht zu erkennen.

Eine orangefarbene Affenhand reicht mir auf einem Teller ein Papier. Eine Kerze wird auf den Tisch gestellt. Ich lese mühsam:

„1 35 ITT G 19 23
4 11622 Tele UI
Komme später. Viel Vergnügen. G."

Ich schrecke auf. Stille. Abrupt. Der rosa und der blaue Rock mit den aufgesteckten schwarzen Haaren stehen in der Mitte des Tanzrechteckes und blicken wartend zu mir. Ohne Bewegung auch die silberschwarzen Gitarren. Jetzt auch wieder Applaus aus dem Halbdunkel. Die Wandhände sind kaum zu erkennen. Das Personal ist zahlreicher geworden. Sie sind näher gekommen. Ich habe Angst. Mein Beifall versöhnt sie ein wenig. Ich lerne ihnen zu gehorchen. Ich lerne.

„Nein, G. Ich werde das Geschäft nicht mit Dir machen"
Ein Orangetelex: „Ich würde nicht aussteigen. G."

Die Wände haben sich noch näher an mich heran geschoben. Es gibt keinen Santa-Ana-Inn-Saal mehr. Ein Zimmer. Höchstens. Voll von Orangefarbenen und spanisch bunten Kleidern. Gesichter. Alte. Junge. Ketten von Lichtern an den Wänden. Wie Glühbirnen – Girlanden. Halbhoch. Gut erkennbar.

Es sind Augen. Blaßblaue, wasserblaßblaue Augen mit eingeschneidertem Lächeln. Tote darunter. Erloschene. Aber noch immer lächelnd. Amerikanisch wasserblau. Erbarmungslos.

Ein zweites Gedeck steht neben mir. Messer, Gabeln, Löffel. Neue Margaritas. Für wen?

In den kaum gedachten Gedanken fällt ein Orangetelex:
„Nichts geht über ein gutes Dinner. G."

Und auf einmal ist sie ganz ohne Fesseln, die Welt von Santa Ana. Losgelassen. Die Gitarren schlagen wild. Leidenschaft. Kochend. Kochender. Die Röcke wirbeln wieder. Die harten, heißen, knalligen, fordernden Beischlafkastagnettenstöckelschuhetrommeln.

Die Orangekellner schlagen den Klatschtakt. Dazu Blechzerkreischstimmen, Kreischzerfleischstimmen hinter den wasserblauen, den blinkenden und toten Wasserblauaugen. Zurückgenommen schließlich zu einem noch eben handlichen Maulformat. Zwischendurch – wohl vom amerikanischen Teil des Personales – Wortgemaunzegemeinze.
Rostig. Grammophonmechanisch.

Wirbel von Telexzettel. Einige fallen neben, unter den Tisch. In die Enchiladas de. – „...morgen sehen. G. „...“... nur nicht aufgeben. G. „... Geschäft ist Geschäft. G. „...“Nur weiter so. G.“

Die Santa-Ana-Inn ist noch mehr zusammengeschrumpft. Kaum noch eine Zelle. Die Wände wandern, rücken nach. Langsamer jetzt. Siegesgewisser. Unaufhaltsam. Margaritagläser stürzen, zerklirren. Die Füße knirschen in Glas. Orangepratzen reißen gerade noch rechtzeitig die Enchiladas an sich. Der Tisch ist auf einmal verschwunden. Wohin? Ich weiß es nicht. Ich kann noch stehen. Gerade noch stehen. Santa-Ana-Inn ist ein Sarg mit blaßblauen, wasserblauen Augen, mit grinsenden Orangeaffen und bunten paillettenbestickten Spanien-Wollustkleiderraschel. Und mit Kastagnetten und Stöckelabsätzen – Nagel um Nagel in die rechteckige, aufrechtstehende Beerdigungsholzkiste.

Ich stehe in dieser engen Zaubertotenschachtel und schreie mir die letzte Luft aus den Lungen – denn ich lebe noch.

Der schwarze Kugelschreiber fällt mir aus der Hand. Zwei Bogen Schreibmaschinenpapier. DIN A 4. Vollgeschrieben. Blau auf weiß. Ergebnis: Ein Fragezeichen. Diagnose – ein Fragezeichen. Ich sollte es in Gold oder in Silber am Revers tragen. Vielleicht finden sich noch andere, denen es genauso, denen es ähnlich geht. Man könnte sich erkennen auf der Straße, im Vorbeigehen einen Blickgruß des Fragezeichenverständnisses wechseln.

Ich höre sie kommen. Ich höre sie heranstampfen. Deutscher Flamenco. Die Holztreppen herauf – zu meinem Arbeitszimmer. Sie haben die Tür erreicht. Sie halten an. Geflüster, Gewisper von nachbarlichen Freunden, von meiner Frau, meinen Kindern. Der Schlüssel wird in das Schloß geschoben. Ein kleines metallisches, mechanisches Geräusch. Jetzt zu Ende. Die Tür wird geöffnet. Langsam, vorsichtig. Die großen, weißbekittelten Schneemänner kommen. Mein Bericht. Was wird aus meinem Bericht. Er ist nicht für die Schneemannriesen geschrieben worden. Nicht für sie. Niemals für sie. Nie. Zerreißen. Schnell. Ritsch. Schneller. Ratsch. Durch. Stücke. Fetzen um Fetzen in den Mund gestopft. Schlingen. Aufessen. Runterschlucken. Sie stehen und starren. Ich schlinge ihn herunter, meinen Bericht. Stück um Stück. Ich werde ihn verdauen müssen.

Die Haarfalle

Ich will zugeben, dass mein Haar – und mein Bartschnitt überfällig waren. Es hatte sich nicht ergeben. Die Geschäfte hatten keinen Raum für eine mitfühlende Friseurhand gelassen. Und so kam es, dass ich zwar gut gekämmt und frisch gewaschen, aber recht haarig und bärtig in Hamburg zu meiner nächsten Dienstverrichtung erschien – einen Geschäftsbesuch bei dem Chef einer Fernsehproduktionsgesellschaft. Aber ich wäre auch dort noch nicht zur hygienischen Verrichtung auf den Frisierstuhl gekommen, wenn nicht jener Fernsehgeschäftsmann seine Einpropellersportmaschine einem Hamburger Modefriseur, natürlich gegen entsprechendes Salär, überlassen hätte und jener, noch ziemlich unerfahren mit dem dritten Element, beim Landen vergessen hätte, das Fahrwerk auszufahren. Die Maschine lebte zwar nach diesem Luftlapsus noch, aber trotz Versicherung, blieb einiges an Kosten in der Luft hängen. Und es stellte sich – zum Erstaunen der Wenigen die von dem Luftungeschick wussten – heraus, dass der Modefriseur vor ziemlich leeren Kassen saß. Er hatte kostspielige Neigungen und auch die Haarbewältigung hat nun einmal ihre Grenzen. So wurde Bezahlung mittels Schere und Rasierpinsel vereinbart. In Relation gesetzt zu der Luftlandeschuld eine wahrhaftig langfristige Kopfbehandlung.

Der Hamburger Fernseher erzählte mir davon – nun schon mit einigem wenigen Humor vermischt. Dass er mich dabei kritisch ansah – vielmehr die Behaarung auf meinem Kopf, Wangen und Kinn, mag möglicherweise nur mir so vorgekommen sein. Da mich inzwischen die Last der Haare drückte, reagierte ich entsprechend schuldbewusst. Ich fragte, ob der Bruchfriseur denn weit von seinem Büro entfernt wohne und dass ich überlege, ob ich nicht doch vielleicht auf eine halbe Stunde – und so weiter. Lebhafte Zustimmung erntete meine vorsichtige Unsicherheit. Und so sah ich mich festgenagelt auf meinen doch gar nicht so ernst gemeinten Vorschlag und befand mich damit auch schon geradewegs auf der Straße zu ihm, dem Luftfriseur. Etwas bangenden Herzens – wie ich nicht abstreiten will, denn ich bin nur ein Angestellter – mit einer festen Monatsgage und mein Zielhaarladen gehörte zur höchsten Klasse der Haarabschneider. Schon der Name des Friseurs machte mich bänglich, wenn ich dabei an die Magnetkraft auf mein Portemonnaie dachte. Sein Name war PASTELL. Ganz einfach nur PASTELL. Ohne Vornamen, nicht einen einzigen.

Ich ging meinen Gang nach dorthin, ohne dass ein Beobachter mir ein Schrittzögern angemerkt hätte. Wer genau, sehr, sehr genau hingeblickt hätte, würde vielleicht bemerkt haben, dass meine Züge ein wenig angespannter waren als sonst üblich und sich meine Kopfhaut langsam zusammenzog – nein, das hätte er nun wirklich nicht bemerken können bei meiner Prachtmähne.

Also, wie gesagt, ich war – wie es schien – ohne Zaudern auf dem Wege zu PASTELL. Und da stand ich auch schon vor dem Laden. Was heißt hier ‚Laden'? Vor dem Schnitt – und Welleninstitut. Es war ein Eckinstitut. Die Schaufenster fast leer, nur ein teures Parfüm in einem der Schaufenster und eine Herrenseife ‚Camilio del Martino' in dem anderen. Die Preise wurden verschwiegen, was sicher angebracht und gut war und sich auch gut machte. Preise wurden überhaupt verschwiegen in diesem vornehmen Etablissement – wie ich später feststellen sollte.

Mit geschwungenem Pinsel prangte über dem Eingang, der einige Stufen nach unten in den Salon zum Haar – Eden führte, in Goldschrift

PASTELL for men.

Nun wusste ich es. Nur einzig und allein für den vornehmen Herrn. Damen hatten hier nichts zu suchen. Sollten sie sich doch bewellen oder striegeln lassen wo auch immer. Hier – hier hatten die Herren, allein die Herren die Köpfe hinzuhalten.

PASTELL for men.

Bevor ich das Portal des Scherenpalastes durchschritt, um mich der mir unbekannten Umwelt zu stellen, überlegte ich noch flink, ob es nicht vielleicht hier angebrachter wäre, englisch zu parlieren, wenn schon mein sonstiges Auftreten möglicherweise nein, mit Sicherheit ja, nicht dem hiesigen Alltagauftritten entsprach. Immerhin doch –

PASTELL for men.

Ich durchschritt die Pforte. Da stand ich nun. Lederbeschlagene Wände. Ledersessel, männlich herb, keine harten eckigen Stühle, wie ich es sonst gewohnt war von langen Haarwarten in Friseurklapperstuben. Schlicht gerahmte Stiche an den Wänden. Damen. Biedermeier oder so. Damen verneigten sich vor artig wartenden Herren, die es gelassen, hingestochen wie sie nun einmal waren, regungslos hinnahmen. Ein großes Pult an der Kopfseite des Herrensalonfrisiervorzimmers. Blondes, fast rötliches Haar dahinter. Eine Stimme. Ein Telefon jetzt neben dem Pult erkennbar. Niemand sonst. Ich wartete. Niemand. Ich war allein gelassen mit einer Stimme, einem Telefon und blondrötlichem Haar im Ledersalon. Niemand interessierte sich für mich. Ich fand das zwar verwunderlich, glaubte aber – mangels Erfahrung – so sei es eben, wenn die Schickeria so unter sich und zu solchen Gelegenheiten – nun, ja. Und so verhielt ich mich eben still – ruhig hinwartend, entgegen meines sonst etwas hitzigen Temperamentes.

Ob ich nun wollte oder nicht. Ich musste dem ungeniert vor meinen Ohren geführtem Gespräch zuhören. Es war ein Gespräch mit einem Herren – ein Herr musste es schon sein, das ließ sich heraushören – ein Herr, der in München wohnte und den der Rotblondschopf einlud, mit ihm in seiner Sportmaschine am kommenden Freitag nach Stockholm zu fliegen. Der Grund für den Flug wurde mir bald offenbar – es war Krebszeit und die Schären lockten. Take off war für fünf Uhr früh vorgesehen, was mir ein Schauer über den Rücken jagte, da ich ein Späterwacher bin. Nein, aus meiner Sicht, ließ sich auf Krebse verzichten, wenn ihnen so früh der Garaus gemacht werden sollte. Ich überlegte, während er weiter von seinem bevorstehendem Krebsflug sprach – und ich hatte reichlich Zeit zum Denken – woher er wohl das Flugzeug hatte. Sein eigenes konnte es den Umständen nach kaum sein, obgleich es dem Anderen am Rohr sicher so erscheinen musste. Aber, warum auch nicht – dachte ich – wenn nur die Krebse beißen. . Oder ‚Hallo!' – fängt man die nicht auf andere Art?

Jetzt - plötzlich bemerkte er mich. Ich erschrak, mehr wohl, ich fühlte mich ertappt beim Hörwarten. Grundlos, wie mir eine blitzschnelle Schlussfolgerung aus einer Gedankenkombination sagte. Aber – trotz allem – ob gerechtfertigt oder nicht – sein Gesicht ging jetzt hinter dem Pult kurzzeitig auf. Ein junges Gesicht, ein Pastellgesicht, frisch, blauäugig, lächelnd. Nicht zu viel und nicht zu wenig – ‚smilend' könnte man es nennen. Ein Nicken, ein Hinnicken zu mir, ein Fingerschnalzen hin zu einem schmalen Torbogen. Ein dunkelhaariger junger Mann mit Schürze stand auch sofort wie hingezaubert in dem Torbogen. Hingestellt zu mir. Fragen nach meinem

Begehr waren unnötig. Mein haariger Zustand war Antwort genug. Doch – ich verweigerte mich dem Schwarzhaarigen, ich bestand auf Pastell, auf Pastell persönlich, nicht auf seine verlängerten Hände mit Schürze, worauf sich der Schwarzhaarige höflich, ein wenig zu glatt, zurückzog, nicht ohne mich noch zu fragen, ob ich eine Zigarre, Kaffee oder Zigaretten oder sonst was wolle. Dass ich nur zum Haare- und Bartschneiden hier war – nahm niemand zur Kenntnis. Ich gestehe – ich war verwirrt und der Endpreis der Behandlung stieg in meiner Fantasie ins Unermessliche – für mich ins Unermessliche, versteht sich. Und so wartete ich hin, bis das Schärengespräch zu Ende ging.

Erst jetzt nahm ich mir die Zeit, den Rest des Salons mit bewussten Augen zu betrachten – zu observieren wäre hier wohl das richtigere Wort, da ich einer mir unbekannten Welt unwissend ausgeliefert war – wehr- und waffenlos. Zwei weiße Halbschwingtüren – ähnlich wie in den Fernsehwestern-Saloons – führten zu je zwei Kabinen. In arabischen Zahlen stand über der einen eine 1 und über der anderen eine 2. Ich befürchte, der Chef des Verschnitthauses unterschätzte seine Kunden oder er kannte keine anderen.

Das Gespräch mit dem Münchner Fernpartner endete mit einem ‚Tschau', und Pastell erhob sich erneut. Ich wusste nicht, ob er es tatsächlich war. Einen Augenblick lang nahm ich an, dass er vielleicht der Empfangschef – aber, nein – er musste es sein – er selbst – P A S T E L L – das wurde mir klar, als ich ihm in die Augen sah. Er schritt zwei Schritte auf mich zu. Glücklicherweise fragte er nicht, was er für mich tun könne. Bevor er etwas sagen konnte, hatte ich schon den Namen des Fernsehproduzenten von den Lippen gelassen und seine Empfehlung auf sein Pult hingelegt. Er war verwirrt. Das gab mir zum ersten Male wieder das Gefühl, festen Boden unter den Füßen zu haben. Beinahe hätte ich ihm gesagt, dass ich wisse, dass er damals seine Beine nicht ausgefahren habe beim Landeanflug mit der geborgten Maschine. Er schien in der Tat etwas derartiges befürchtet zu haben, denn er hatte es nunmehr sehr eilig. Er war im Nu hinter dem Rohholzpult verschwunden und begann in einer Kladde zu blättern, die das ganze Pult einnahm. Für wann er mich vormerken solle, war eine Frage. Das verblüffte mich. Termine dieser Art waren mir bisher nur von meiner Frau her bekannt. Ich jedoch hatte mich noch nie vormerken lassen. Auf sein ungeduldiges Hinblicken, sagte ich deshalb einfach die Wahrheit, dass ich mich sofort seinen Scheren stellen wolle. Das schien ihm bisher noch nicht vorgekommen zu sein. Er senkte die Augen. Bei ihm pflegte man sich eine Woche vorher – mindestens – eintragen zu lassen in die Kladden-Warte. Ich war für ihn ein Banause. Das begann mir klar zu werden. Ich nehme sogar an, dass er mich – ohne die verklemmten Landebeine, an die er gewiss dabei dachte – sofort seines Salons verwiesen hätte, aber da ich nun einmal ein Mitwisser war – wie auch immer. Der Schein – der Schein des Scheines wenigstens musste gewahrt werden, und so beschied er mich auf eine halbe Stunde später zu sich in die Kabine.

Beklommen verließ ich die vornehme Haargruft. Ich gedachte noch eine halbe Stunde, bis zur Haarhinrichtung in Gold- und Lederpracht, durch die Straßen zu wandeln. Ein nicht eingestandener Gedanke wartete dabei wohl im Hintergrund – es war, es gab noch eine Fluchtmöglichkeit. Ich war wieder draußen, die Straße hatte mich wieder. Ich war frei. War ich es wirklich? War ich nicht eingetragen, feierlich hineingenommen in die Sekte der High-Society-Kaste? War ich nicht verpflichtet worden,

heiliggesprochen über einen eigenhändigen Pastellein-
trag? Nein. Es gab kein Entrinnen. Es wäre nicht nur
einfach eine Flucht, es wäre eine schändliche Flucht gewesen. Und ein Mann, ein richtiger Mann – und so weiter
– Na, ja. Ich war eben ein Mann. Und so kehrte ich, wenn
auch nicht reumütig – zurück in den Haargral.

Pastell war da. Pastell hatte mich erwartet. Er blickte
mich an. Lange. Er nahm Maß, so erschien es mir, und so
war es auch. Unter seinem Schweigen und seinen Blicken
begann ich unruhig zu werden, unsicher, ein winziges
Schämen kam bei mir auf. Hatte ich etwas im Gesicht, im
Haar oder – ich irrte mich. Er suchte die richtige ‚Dimen-
sion' für meinen Kopf. Nein, nun war es ein Haupt geworden. Er drückte es tatsächlich so aus. Und obwohl ich
es lächerlich fand – hob es mich auch ein bisschen an. Er
blickte noch eine Weile fachmännisch – snobbisch an mir
herum, aber er traf keine Entscheidung. Vielleicht war
mein Haupt sowieso ungeeignet für diesen edlen Haar-
hof. Ein Ruf, ein kurzer Pastell-Ruf und eine Dame trat
auf. Charmant, auch sie mit Schürzchen, Haube und Lächeln im Gesicht für den neuen Herrenkunden. Pastell
hieß ihr Kabine 1 frei zu machen. Nun wusste ich, wo es
mich ereilen sollte. Eine Geste des Meisters ließ mich
noch einmal in den bequemen Ledersessel im Vorzimmer
sinken. Die Dame säuberte währenddessen die Kabine 1
– oder, wie er es nannte, machte sie frei. Der Augenblick
war gekommen, der meine gesamten Reisespesen – und
hoffentlich nicht mehr – auffressen, hier sagte man wohl
besser ‚verzehren' konnte.

Kabine 1 war groß. Ich hätte sie gut und gerne als Un-
termietzimmer angenommen. Und das machte mir noch
einmal mit aller Deutlichkeit klar, dass ich jetzt auf dem
falschen Sessel saß. Aus einem Spiegel sah ich mich an.
Der Spiegel war die Wand vor mir. Sie reichte bis zu den

Biedermeierbecken und den nach Biedermeier aussehenden Wasserhähnen.

Ich war wieder allein und hatte Zeit mich zu betrachten. Ich war nicht sehr glücklich darüber, mich nun minutenlang in dieser eigenartigen Situation ansehen zu müssen. Und ich musste mich ansehen. Vor diesem Spiegel blieb einem keine Wahl. Es sei denn, man schlösse die Augen.

Es dauerte nur einige Minuten, dann stand die charmante Dame wieder hinter mir. Es lohnt sich nicht, auf sie näher einzugehen, denn sie war nichts als die einzige weibliche Hand zur Verrichtung untergeordneter Aufgaben. Sie fragte mich lächelnd in Richtung ‚Kopfwäsche'. Ich dachte an die Rechnung und verneinte, ein wenig zu hastig vielleicht. Ihr Lächeln erlosch, aber nur für einen winzigen Augenblick, dann hatte sie sich wieder gefasst. Ich war offensichtlich der einzige Kopf eines Herren, den sie hier bisher nicht gewaschen hatte. Ich versicherte ihr eilfertig, und wieder um eine Spur zu schnell, dass mein Kopf, pardon, mein Kopfhaar gewaschen sei. Gestern erst. Das war jedoch ein total falscher Zungenschlag, denn gestern ist nicht heute und die Müllers, die Kurts oder Willys hatten gefälligst Salons dieser High-Art zu meiden. Trotz allem – sie zog sich mit Anstand und Würde zurück. Ich hatte ein schlechtes Gefühl dabei. Sie tauchte auch sofort wieder auf, aber nur, um mich zu fragen, ob ich einen Kaffee wünsche. Eigentlich wollte ich mir ja nur wirklich die Haare schneiden lassen, aber ich war gewillt, nun nicht mehr aus der Rolle zu fallen und stimmte der Kaffee-Offerte beinahe zu freudig zu. Der Kaffee kam rasch. Zeitschriften lagen vor mir. Das ‚vor mir' war ein unter der Spiegelwand festgeschraubter Biedermeiertisch. Ich trank meinen Kaffee in kleinen Schlucken – nicht weil er so heiß war – mehr wohl unbewusst, weil ich einmal gehört hatte, dass dies vornehm sein. Dabei blätterte ich im ‚Playboy'. Ich hatte Zeit. Der Meister ließ mich warten. Ob er wohl mich selbst in die Hand nehmen würde? Das wagte ich nicht zu glauben. Ich hatte auch ein wenig Furcht davor. Der Gedanke an meine Rechnung spielte dabei eine gewisse Rolle. Chefarztoperation, Chefarzthonorare – Aber, was half es. Er selbst – Pastell höchsteigen trat auf. Er pfiff die Figaro-Melodie aus dem Barbier von Sevilla. Ich dachte noch, wenn ein Schriftsteller das schriebe, so würde man ihm dies als einen zu auffälligen Gag ankreiden und als unglaubwürdig zurückweisen. Doch – er pfiff und stand neben mir, rechts von mir – genauer. Ein Blick auf mein armes wartendes Haupt und leicht entrüstet: „Wie? Nicht gewaschen?" Ich kam nicht dazu meine Entschuldigung zu stammeln. Er hielt es für unmöglich, dass ich mich geweigert haben konnte. Das musste ein Versehen seiner Damenangestellten sein. Ich überlegte, wie ich sie retten könnte, ohne völlig mein Gesicht zu verlieren, aber da war sie schon über mir. Mein Haupt wurde von ihr, wie mir schien etwas rachsüchtig in das Biedermeierbecken gedrückt und das warme Brausewasser strömte mir über. Die Temperatur wurde mit mir abgestimmt.

Das hatte der Meister eigenäugig überwacht. Beim Hinausgehen befahl er noch „Und danach Alkohol", was ich freudig prustend bejahte, aber er war nur äußerlich zur Anwendung bestimmt. Während die Dame mein Haupt massierte, als ob ich ein chronischer Migränist wäre, dachte ich wieder an die Rechnung, die auf mich zukommen würde, aber nun schon lethargisch, denn nichts konnte mich mehr vor ihr retten. Ja, ich begann nun schon zu genießen, was da so alles mit mir geschah – mehr noch – ich begann mich höher zu fühlen. Und hätte just in diesem Augenblick Krupp Junior sein Industrieplayboy-Haupt in die Kabine gesteckt, ich hätte sicher lässig „Hallo, Boy" oder so was gerufen.

Die Dame ließ mich schließlich mit hoch stehenden Alkoholhaaren allein. Nun ging alles etwas schneller. Ich hörte es schon am Pfeifen – er nahte wieder, musterte mich erneut aufmerksam und diesmal erklärte er mir genauer, weshalb sein Meisterauge mich so intensiv fixierte. Es ging um den endgültigen Entschluss zur Haarmaßnahme. Der erste Schnitt entschied alles. „Beim ersten sind wir frei, beim zweiten sind wir Knechte", zitierte er seinen Mephisto dazu. Vom Wirbel ausgehend – die Haarkopflage ausfindend – der Wirbel, der Aussichtspunkt des Hauptes. Noch nie hatte sich jemand so viele Gedanken um mein Haupthaar gemacht – es gab auch mir einige Bedeutung, wenn ich es auch hasste, das zu empfinden.

Und dann begann er Hand an mich zu legen. Mit einem Rasierapparat ging er mir um den Bart. Seine Scher- und Kammansätze hätte man klassisch nennen können. Dabei sprach er unentwegt und blickte mich zwischendurch antwortheischend an. Die seltenen Sprachpausen waren für mich besonders irritierend. – Sie waren zu kurz, um einen Gedanken zu fassen und zu lang, um im Sprachtrance zu bleiben. Die meiste Zeit stand er hinter mir und redete in die Spiegelwand zu mir. Es gelang mir einfach nicht seine Augen festzuhalten, in sie hineinzublicken. Sie ließen sich im Spiegelglas nicht festhalten. Die natürliche Augenlinie war verloren gegangen. Das schien auch er hin und wieder wahrzunehmen, obwohl die Gewohnheit ihn schon abgestumpft haben musste. Jedenfalls aber bequemte er sich ab und zu, neben mich, an meine rechte Seite zu treten, mit dem Rücken zur Spiegelwand und Auge in Auge mit mir ‚beschäftigungslos' zu reden. Ich war ihm dankbar dafür.

Seltsamerweise schien ich sein Vertrauen gewonnen zu haben. Vielleicht hatte es ihm imponiert, dass ich zwei Romane geschrieben hatte, die bei einem namhaften Verlag erschienen waren. Möglicherweise hatte er mich damit in ein neues, passenderes Schema eingeordnet. Nun mochte ich für ihn vielleicht ein Exzentriker, ein Literat sein, der schief-modern spielte, aber auf jeden Fall dazu gehörte, einer der Burschen, die in die Sessel furzten, wenn der Fürst von Monaco gerade zu ihm „Vergelt's Gott" sagte. Er begann jetzt von sich zu erzählen. Ich erfuhr, dass er Psychologie studiere, nebenbei, ganz nebenbei, versteht sich, dass er Lyrik der Zeitpolitiker sammle und als Buch herausgeben wolle. Na, also – Kollegen. Haarige Kollegen – so oder so.

Ein exotisch aussehender Kamm trat in Tätigkeit. Es sah aus wie einer der Einsteckhaarschmuckkämme der spanischen Senoritas. Das Rasiermesser und der Kamm elegantierten sich an meinem Haupthaar. Und dann war es getan. Nein, nein. Noch nicht. Ein Föhn begann zu summen – eine runde Stachelbürste dazu. Leicht gegrillt jetzt das Haar. Jetzt wusste ich endlich wie manche, mit denen ich so oft zu tun hatte, zu ihren Halblöckchen, zu ihrem Kräusellook gekommen waren.

Das Ende nahte. 93 Minuten allein mit dem Meister. Da wurde mir mit einem Male wieder das Portemonnaie schwer. Deshalb verkaufte ich ihm – gewissermaßen als Lastenausgleich – salopp und nebenbei ein Buch meines neuen Romans. Er war sofort einverstanden. Aber, um sicher zu sein, dass er es auch erwerben würde, versprach ich ihm das Buch über meinen Buchhändler per Rechnung und signiert zustellen zu lassen. Figaro hatte keine Einwände und meine Auflage war um ein weiteres Buch gestiegen. Meine Bitte, mir für die Zusendung, seinen Vornamen und seine Adresse zu verraten, lehnte er lächelnd ab. „Pastell,“ einfach nur „Pastell, Hamburg“. Das genüge für die Zustellung.

Die Kabine 1 verließen wir gemeinsam. Wieder stand ich im Salon. Der Schwarzhaarige jetzt hinter dem Pult. Er schien mich erwartet zu haben. Der Augenblick der Zahlung war gekommen. Ich hatte mir vorgenommen, kühl und gelassen zu bleiben, auch wenn ich die nächsten zwei Wochen auf Pump leben müsste. Der Meister sagte mir Adieu und verschwand. Ich nahm an, dass es ihm peinlich war, dabei zu sein, wenn einem seiner Delinquenten die Rechnung präsentiert wurde.

Der Schwarzhaarige war zum Kassierer bestimmt worden. Halblaut und nebensächlich nannte er mir die Endsumme, während die Kopf- und Massagedame neben ihm, wie beistandgebend, lächelnd stand.

Ich konnte es nicht glauben – es war kaum die Hälfte meiner Befürchtungen. Ich zahlte lässig. Ein gutes, vielleicht zu hohes Trinkgeld für die Dame. Und der Salon lag hinter mir.

Ich schritt nunmehr durch die nächsten Straßen mit dem Hochgefühl des Geadelten. Aber seltsam – ich musste mich doch tatsächlich erst einige Minuten lang daran gewöhnen, dass niemand von mir Notiz nahm, mich niemand beachtete. Sie nahmen mich hin auf diesen Straßen, als ob ich einer der ihren wäre.

Die Träume des Rolf Bernkowsky

Sein Name: Bernkowsky. Rolf Bernkowsky. Von seiner Frau, seinen Freunden und einer regelmäßig besuchten Prostituierten „Rolli" genannt. 45 Jahre alt. Ein Kind. Eine Tochter. Gut gewachsen. Hübsches Gesicht. Besuchte das ortsansässige Gymnasium. Unterprima.

Den Bernkowskys gehört ein Eigenheim. Reihenhaus. Eckhaus. Fast abbezahlt.

Angestellter. Staatsstellung mit Pensionsberechtigung. Unkündbar. Stellvertreter des Abteilungsleiters. Aufgabe: Bewilligung von Prämien für paragraphengenehmigte Spielfilme. Streng nach Vorschrift. Gehalt: 3200 DM – einschließlich Kindergeld. Blauer Volkswagen.

Familie bisher nicht betroffen von ernsteren Zwischenfällen. Bernkowsky ist ein gesunder Typ. Brillenträger. Zigarettenraucher – kein starker. Alkohol von Fall zu Fall. Etwas verklemmt – verursacht durch eine kleinbürgerliche Kinderstube. Ein kleines Bankkonto im Hintergrund. Sexuell abgestumpft mit zur Gelegenheit wieder aufpoliertem Don-Juan-Blick. Also – ein ganz normaler Mann. Seine Länge ausgenommen – ein Meter vierundachtzig. Sein Hobby: Bau von Modellspielzeugrennautos.

Bei diesem Punkte könnte ein aufmerksamer Beobachter zum ersten Male vermuten, dass auch Herr Bernkowsky seine Träume hat, die sich bisher nicht weit vorgewagt haben, die Halt gemacht haben bei diesen feuerroten, gelben, weißen Spielzeugflitzern mit Minimotoren.

Bernkowsky hat Entscheidungen zu fällen. Er kann ‚Ja' sagen, ‚Nein', ‚später wieder vorlegen', ‚weiterreichen an'. Oft stand ein ‚Nein' gegen ein ‚Ja'. Und so sollte es auch sein. Verantwortungsbewusst. Abgewogen beurteilt.

Doch diesmal ist alles anders. Es wird von ihm nicht verlangt ein ‚Ja' statt eines ‚Nein' zu sagen. Er soll nur schweigen. Nichts weiter – nur schweigen.

Wer schweigt ist ein Abwäger, ein kühler Rechner, ein geduldiger Überleger. Wer schweigt ist weise.

Bernkowsky soll schweigen.

Es waren 5000 DM als er den gelben Umschlag ohne Adresse aufgerissen hatte. Fünf Tausender. Fünf Riesen. Für Bernkowsky war es das erste Mal. Und er war unsicher, bedrückt, gewissensgeschwächt. An die Kette gelegt. Ja. So fühlte er sich jetzt. An eine Hundehütte gekettet. Eingetauscht den kleinen ganzen Spielgarten gegen tausend Pfoten rechts und links von der Kette. Zwar war auch um den Spielgarten ein Zaun, aber –

Fünf Tausender. Ein Motorrad. Vierzig Waschmaschinen. Einen gebrauchten Zweitwagen. Fünfzig Eisschränke. Fünfhundert Transitstorradios. Zweiunddreißig Fahrräder. Zehntausend mal Eis am Stiel.

Fünf Tausender. Fünf Riesen für Bernkowsky.

Fünf Riesen auf einem Beifahrersitz. Noch nicht mal klar erkannt was für ein Fahrzeug. Automatik. Bernkows-ky hätte den Wagen nicht fahren können. Durfte ihn auch nicht fahren. Saß nur daneben. Und es rollte. Rollte. Ziel unbekannt. Beruhigendes Schulterklopfen.
Zweimal, dreimal – für fünf Riesen.

Halber Schrägblickverständigungsversuch.

Komplizensymmetrieprobe.
Kameradschaftszugeständnis, Vereinskollege. Neuling – allerdings. Und deshalb – noch festhalten beim Fahren – und besser auf jeden Fall – Mitäugeln – in halber Schrägblickeinverständigung – Mitfahrerdank.

Und bei diesem Punkte könnte ein aufmerksamer Beobachter zum zweiten Male erkennen, dass auch Herr Bernkowsky seine Träume hat. Träume, die sich bisher noch nicht weit vorgewagt haben, die Halt gemacht haben vor dem Absprung ins Fremde, ins Unbekannte, Unheimliche.

Vierzig Grad. Die Wände mit dem verblassten rosa Anstrich tropfen vor Schweiß. Der müde Ventilator an der Decke verteilt die heiße, feuchte Luft gleichmäßig. Offene Hemden. Schweißnass die Haut. Eiswürfel klirren leise in schmuddligen Wassergläsern. Zerschmelzen. Schmeckt lahm, lau, wattig. Ein mieser Whisky. Selbst der farbige Bartender grinst nicht mehr. Er schont seine weißen Reklamezähne und schenkt schweigend den drei Männern ein. Jedes Wort wäre zuviel. Blinzeln...nicken – dösen.

Ein Auge auf – Ein Auge auf, als die braune, zwanzigjährige Blie ranschlenkert. Grüngelber Schlitzrock bis zum weißen Nylonschlitzschoner. Ein bisschen Kettengeklimper über den braunen Zwillingen. Ein Barhocker. Whisky schwappt. Schwarzes langes Haar. Ebenholzgestriegelt. Glänzend im matten Licht. Wimperngeklapper zwischendurch. Schnell wie Schmetterlingsflügel. Eine weiße Hand auf braunem Schenkel. Nur kurz. Schon wieder eingeschlafen. Kein Wort. Ein Seufzer. Schlürfen.

Die weiße Hand gehört B... Dem Riesen B... Dem Fünffriesen-B. Wie kommt er hierher? Wie kommt er in die rosa Bar am Dschungelrand? Wie kommt B. in das heißfeuchte Moskitoschwirren – und sirren? Er ist eben da. Er ist hier angekommen. Er ist eben angekommen – arriviert.

Und der große Schwarzhaarige neben ihm. Ein alter Fuchs. Ein alter Dschungelfuchs. klar. ‚Fuchs' ist falsch

– ein alter Dschungeltiger. Ja. Ein Tiger – ein alter, erfahrener Tiger. Ein Panter. Ein schwarzhaariger, erfahrener, alter Dschungelpanter. Kein B. – kein Dschungelanfänger, kein Vereinsneuling, der lässig mit nichtgehabten Erfahrungen zu spielen versucht. Sinnlos hier. Erkannt. Zu viele Fachleute in dieser Gegend. Und der Schwarzhaarige –

Drei Stunden schon versucht B. eine einigermaßen angemessene Schrägblickeinschätzung. Nicht leicht. Seltsamer Typ. Aufregend. Erfahrung. Sicherheit. Echte Lässigkeit. Pantergewandt. Schläfrig und schnell.

Ein Nichts daneben dieser B. Ihn fressen die Eidechsen, wenn er auch nur einen Fuß vor die rosa Bar setzt. Rosa Bars am Dschungelrand sind Neuland für ihn. Zu heiß, zu feucht. Und der Dschungel zu dunkel, zu undurchdringlich. Und keine Machete. Keine Machete für B. Wer hätte auch an so etwas denken können. Bisher waren die Straßen ja asphaltiert, gepflastert oder erdgestampft. Aber dieser Schwarzhaarige – ja, der würde auch ohne Machete – ohne alles – mit bloßen Händen. Der Dschungel gehört ihm. Er ist der Meister – Dschungelmeister, die Vorstellung eines B. übersteigend.

Die Lippen des Schwarzhaarigen an seinem Ohr. Signal – Achtung, aufpassen. Die Lippen des Schwarzhaarigen – eine Gitarre, Blechtrommeln, eine Bambusflöte, Händeklatschen, Stöhnen, röhren. Lärmig, zuckend, rhythmisch - ... Alles lebt auf einmal. Die Lippen des Schwarzhaarigen an seinem Ohr.. mitkommen – in den Dschungel. Aufbruch vor Sonnenaufgang. Morgen – heute Nacht – Abenteuer – Wagnis – mit ihm, B. Unerforschtes Gebiet – Indianer – wahrscheinlich – unerforscht – weißer Flecken auf der Landkarte – allein zu gefährlich – Begleiter – mitkommen – ein Floß – Waffen

– Treibenlassen das Floß – Wochen, Monate – Mut.
Wachsein. Schwarz die Nächte. Sterne wie die Kron-
juwelen der Königin – Lianen – Orchideen – Schlangen –
Knurren der Tiger – Panter – schwarze – Elefantentrom-
pete – faulendes Wasser – Mitkommen, mitkommen –
mitnehmen – B. mitnehmen – An die Hand nehmen –
ihm einfach nur vertrauen – blind – der schwarze er-
fahrene Führer – der Dschungelmeister – kaum Gefahr –
mit ihm –

Und da ist die Nacht im Dschungel. Wie versprochen –
angedroht – schwarz. Schwarz – schwärzer – Sterne –
hell, groß, greifnahe – glucksendes Wasser – Geräusche
überall – kaum wahrnehmbar oft. Eine Wasserschnelle.
Rascheln in den überhängenden Zweigen. Das Floß treibt
dahin. Der Schwarze sitzt wachsam am Heck. Ein paar
Schläge mit dem improvisierten Ruder. Wortlos – B. am
Bug. Nahe dem Schwarzen. Das Floß ist klein. Es treibt
dahin über tintenschwarzes Wasser. Tief bis ans Ende der
Welt – oder nur flach bis zu den Knöcheln? – Sterne auf
dem unergründlichen Grund-Schwarz. Lautlos das Floß.

Eine hingeduckte, schreckliche Angst – eine nur noch
halbhohe Lust am Treiben ins Unbekannte. Gedämpfte
Abenteuergeilheit. Hintreiben mit dem Schwarzen. Hingetrieben mit dem Schwarzen. Hingetrieben ins Ferne,
Unbetretene, Unbekannte, hin zu dem weißen Fleck auf
der Landkarte. Noch nie hat der Fuß eines Weißen – oder
seine Hand – Ins Weiße durch die schwarze Nacht –
Aufgebrochen – Hinkommen – es erreichen, betreten –
Haben!!!

In Besitz nehmen. Besitzen. Es sich unterwerfen, ent-
jungfern. Das Unberührte zur Gärung bringen durch den
Durchstoß. Die Paradiestore aufreißen – die Unschuld
wegnehmen – Adam und Eva hinausjagen – ihre Nackt-

heit in Konfektionskleider zwingen – zu 185 Deutsche Mark und 95 Pfennigen –

B. hat nur am Anfang des Nachtdschungelflußtreibens versucht, hin und wieder ein Wort mit dem Schwarzen zu wechseln. Aber der Schwarzhaarige hat ihn sofort mit ein paar bestimmten Gesten zum Schweigen gebracht. Stunden treiben sie nun schon dahin. Sie können nicht anlegen, hat der Schwarze erklärt – zu gefährlich in der Nacht. Am besten einfach treiben lassen. Und der Schwarze hält das Boot auf Kursströmung.

B. fallen die Augen zu. Er darf nicht schlafen. Er könnte in den Fluss fallen – in die schwarze Tiefe oder Untiefe – in lauernde Mäuler unter der Oberfläche.

Die Hand des Schwarzen weckt ihn … Nein. Das ist kein Wecken nur. Das bedeutet mehr. Das Gesicht des Schwarzen ist kaum zu erkennen, aber die Geste ist klar – Finger an den Lippen, bedeutungsvolles Kopfdeuten – hinter B. – Richtung – hinter B. B. will sich umblicken. Kaum merkliches Schütteln des Kopfes. Der Schwarze ist jetzt deutlicher zu sehen. B. will sich aufrichten – die Hand des Schwarzen hält ihn nieder. Sanft – zart fast.

Und da hört es B. auch schon. Samtpfotentritte. Könnte Sinnestäuschung sein.

Das Floß treibt nicht mehr. Hat sich am Ufer verhakt. Deshalb also – Was also? Was? Was eigentlich? Der Schwarze ist so geheimnisvoll. Still, unbeweglich wie eine Statue. Auch B. nun – heißer Atem – gleichmäßig, nicht aufgeregt, nicht hechelnd – ganz ruhig geatmet – aber heiß – aus einem Raubtiermaule – Tiger, Panter – heiße Zunge am Nackenhaar – Totenstarre gespielt. Den Schwarzen für einen Augenblick gesehen – Statue – Fellhaare – Haare – Tierhaare – Moschusgeruch – stark –

kaum auszuhalten – zwei Pfotentritte über den Körper
von B. – B. unter dem Tiere – es steht über ihm – genau
über ihm – es riecht stärker – Moschussauer – streng –
scharf. Schnüffeln des Tieres – zu dem Schwarzen hin –
nicht zu B. – B. ist harmlos – von ihm als harmlos angenommen. Das Tier bleibt ruhig. Arglos streckt es sich –
streckt sich über B. und legt sich jetzt langsam auf den
warmen Körper von B. Der Kopf des Tieres, der riesige
Fellkopf über seinem Hals und Kopf. Atem anhalten.
Keinen Zug Luft nehmen. Kein Zucken der Muskeln.
Starrtot. Wie lange – wie lange?? Das letzte Maul voll
Luft ist verbraucht. Der Fellkopf ruht ruhig und still. Ein
Gähnen des Tieres. Die Muskeln brennen – reißen – die
Lunge –

Ein Schrei, ein gewaltiger Schrei – ein Brüllen aus der
Angst – Wenn es auch den Tod bedeutet. Tot – so oder
so. B. schreit – schreit –

Ein Schuss fällt – ein Gewehr in der Hand der schwarzen Statue – Das Tier ist weg – das Tier ist geflohen –

Das Floß treibt wieder –

Ein schlechter Partner für den Schwarzen – ein schlechter Partner –

Fünf Tausender. Fünf Riesen für Bernkowsky.

Fünf Tausender. Ein Motorrad. Vierzig. Waschmaschinen.
Einen gebrauchten Zweitwagen. Fünfzig Eisschränke.
Fünfhundert Transistorradios. Zweiunddreißig Fahrräder.
Zehntausend mal Eis am Stiel.

Ein zuverlässiger Wagen – dieser weiße Mercedes. Beinahe geräuschlos. Da ist man nun Herr dieser Maschine.
Nur Herren fahren Mercedes – nur Herren oder Flei-
schermeister.

Seine Frau hatte immer mitgelebt – mitgelebt mit ihm, mit B… Er hatte nie über sie nachgedacht. Nie über sie nachdenken müssen. Sie war einfach da. Und sie hatte ihn nie gestört. Auch jetzt saß sie neben ihm. Ein lahmes Worthülsenpingpong hin und her zwischen ihnen. Die Fahrt war bis jetzt normal verlaufen.

Ein zuverlässiger Wagen dieser Mercedes.

Sie protestierte auch nicht, als sich die Gegend mehr und mehr veränderte – immer kahler, leerer wurde. Karger, zusehends öder. B. war jetzt hellwach. Er hatte sich verfahren. Eine Abkürzung. Nicht auf der Karte verzeichnet – aber von Kennern versichert. Wenden.

Geht nicht. Leider. Ein schmaler Weg. Zu schmal.

Weiterfahren. Vorsichtig. Aufpassen. Aber kein Gegenverkehr. Glücklicherweise.

Ein Berg. Nicht hoch, aber steil – sah zunächst nach kaum was aus – Berg schon zuviel, Hügel – ein steiler Hügel nun. Der Wagen macht es, der Wagen macht es spielend. Aaaahhh – eine Hütte. Ein Haus. Oben. Also doch Leben. Auch andere Wagen. Parkend. Der Ratschlag war also doch richtig. Abkürzung ohne Karte. Ein Experte.

Endlich oben. Aussteigen der Frau. Bremsen festhalten. Wenden. Geht nicht.

Was ist los?

Geht nicht.

Die Bremsen. Sie haben doch eben noch – Sie fassen nicht – Plötzlich – Auf einmal. Durchtreten, durchtreten bis zum Boden. Immer wieder – Handbremse. Halt. Handbremse.

Auch nicht. Fasst nicht.

Der Wagen rollt. Rollt rückwärts. Schnell – schneller –
Ausgeliefert dem Rollen, dem Rasen – dem Rückwärts-
rasen –

Räder in Spur halten – Geradeaus rückwärts – keine
Kurve fahren – keine – Verdammt – Hilfe....!!!

Der Wagen steht – kein Krachen – kein Knall – er steht
– Aber er ist kaputt – total – zerstört – völlig – absolut
hinüber – Blut aus dem Munde – aufs Jackett getropft –
aus der Nase – den Ohren in den weißen Hemdkragen –
die neue Krawatte – Es ist aus – aus – es ist – es ist – es –
ist aus – vorüber –

Die Frau neben dem Wagen, den zersplitterten Seiten-
fenstern der Wagentür – Worte – Worte – nicht zu
verstehen – nicht zu identifizieren – auch nicht versucht –

Keine Schmerzen – sonderbar – keine Schmerzen –

Und es ist eindeutig – fraglos – es ist das Ende für B. –
knapp davor – zweihundertstel Millimeter – Sekunden –
wie auch immer – Der Faden beginnt zu reißen –

Abschluss – ein Aufhören – Scheiden – ein beginnendes
Abscheiden – Der Körper ist leicht – völlig gewichtslos
jetzt – schwerelos – luftballonfühlig –

Schweben – er kann schweben – leicht – wolkenleicht –
Windfeder – Neben der Frau jetzt – neben seiner Frau –
neben dem zertrümmerten Wagen – Horizontal neben ihr
– Kopf an Kopf – ein rechter Winkel die Körper –
unbegreifliche, ein wenig lächerliche Position – aber sie
hat sich ergeben – aus der Wolkenleichte –

Das Lachen ist körperlos – schmerzlos - - Und sie – sie -
fassungslos – Das Gesicht aufgerissen – die Augen –

Frage – Entsetzen – tonloser Schrei – ein aufgesperrtes entsetztes Fragegesicht –

„Auf Wiedersehen" will er sagen – will – kommt nicht dazu – „Auf Wiedersehen" - Wo? – „Auf Wiedersehen" – Wo denn nur – Sie – Sie hatte immer mitgelebt – mitgelebt mit ihm, mit B. – Er hatte nie über sie nachgedacht. Nie über sie nachdenken müssen. Sie war einfach da. Und sie hatte nie gestört.

Und jetzt – jetzt auf einmal – jetzt liebte er sie – schmerzlich, schrecklich – quälend, qualvoll – ganz klar und durchsichtig. Und plötzlich konnte er wieder laufen – auf der Erde – Noch nicht ganz so wie die anderen Menschen – noch immer ein wenig schwebend – aber laufen, doch wieder laufen. Und das wurde besser, erdiger von Minute zu Minute. Und doch war er noch immer sicher, dass er sterben musste. Aber er spürte keine Schmerzen. Unbegreiflich. Blut überall. Das Gesicht zerschnitten – die Hände, die Arme – kein Schmerz – Nichts.

Ein Freund, ein Nachbar plötzlich neben ihm, hilfreich ihn in das Haus auf dem steilen Hügel geleitend. Auf einen Stuhl gesetzt – von ihm – dem fürsorglichen Nachbarn. Ein Glas Cognac – ein Wasserglas voll – mit tröstenden Worten. Die Hand schon ausgestreckt – dankbar – und ohne Vorwarnung auf einmal das volle Glas – das volle Glas – das volle Wasserglas mit Cognac mitten in das zerschnittene Gesicht geschüttet.

Gelächter. Schenkelschlagen –

Zersplitterndes Glas.

Gelächter – scharf, schmal, bösartig – nicht enden wollend – und Schmerz – jetzt brennender Schmerz im Gesicht – Cognac mit Blut – das Jackett durchtränkend, den weißen Hemdkragen, die neue teure Krawatte –

„Ich rufe jetzt die Polizei", gelächtergeschüttelt der Nachbar. Sein Gesicht schmal und weiß vor Hass – wie ein Stukaflieger im Sturz, so sieht es B. – wie ein Stukaflieger des Hasses – „Alkohol – Unfall – Aus – aus ist es – aus mit dir, Nachbar B. – aus – aus – aus"

„Ein Teufel – ein Teufel – Der Teufel wird dich holen!!!" B. schreit es in das Hassgesicht – aber – es kommt ihm so vor – als ob er es sich selbst zugeschrieen hätte ---

Der Aufsichtsbeamte

„... mehr als hundertzwanzig ... Das kann keiner verantworten. Glauben Sie mir. Ich habe immerhin ... na, warten Sie mal ... 28 ... wenn ich die Zeit mitrechne, als ich arbeitslos war ..." ... Augenzwinkern, ein kurzes, kehliges Lachen, Adamsapfel auf, Adamsapfel ab. Schlucken ... „Jaaa ... wenn ich die Zeit mitrechne ... dann sind es sogar – 30 Jahre ... Denken Sie!" Eine Hand vom Steuerrad. Sein Zeigefinger ist dicht vor meinem Gesicht. Und noch einmal. Nachdrücklicher: „30 Jahre!!"

10 Kilometer hinter Wiesbaden. Autobahn. Abends 19 Uhr 23. Im Dezember. Ein Taxi, Ford 1700.

Scheinwerfer hinter uns. Rücklichter vor uns. Rote Punkte. Rechtecke. Vierecke. Groß. Vorbei. Ausblenden. Aufblenden. Uns entgegen. Gelbe, weiße Autoscheinwerfer. Tacho auf 110.

„... bodenloser Leichtsinn. Nach 120 ... Also, wenn da was Unvorhergesehenes ... ein Hase ... ein ... plötzlich auf der Fahrbahn. Wissen Sie, wie lang der Bremsweg ...?" Zwei Augen mustern mich. Nicht erkennbar hinter der Brille. Die Gläser blitzen auf. Schimmern im Halbdunkel. „Examen" ... denke ich. „Wie bei einem ..." Ich höre kaum zu. Ich ärgere mich. Schon seit einer halben Stunde. Das heißt, präzise seit ... Idiotischer Hang zur Genauigkeit.

Eigentlich müsste ich jetzt in einem Bus sitzen. In dem Bus, der 19 Uhr 8 vom Bahnhof Wiesbaden abgeht. Ankunft Rhein-Main-Flughafen – 19 Uhr 32.

Ja. Eigentlich müsste ich in diesem Bus ... Aber ich sitze im Fauteuil eines Wiesbadener Taxis – verstimmt, ärgerlich – und ein Taxichauffeur redet über die Gefahren der Landstraße.

Wie es dazu kam? Das ist eine banale Geschichte und ich würde sie nicht erzählen, denn sie ist es nicht wert, erzählt zu werden, wenn nicht eine erstaunliche, kleine Begebenheit – Aber zunächst das eine. Ich bin ein sparsamer Mensch. Das werfen mir Bekannte vor – auch meine Frau, obwohl ich nur spare, um ein Fertighaus zu kaufen. Und nur deshalb wollte ich statt mit dem Taxi mit dem Bus zum Flughafen fahren.

Der Bus fiel aus. Glatte Straßen, Schneeverwehungen. Da stand ich nun. Einundeinhalb Stunden Zeit blieben mir noch. Hatte ich überhaupt genug Geld für ein Taxi bei mir? Ratlosigkeit. Wut. – Schließlich begnügte ich mich mit einem soliden Ärger. Aber vielleicht konnte ich noch einen Zug nach Frankfurt erreichen. – Und so stand ich kurze Zeit später im verglasten Büro eines Bundesbahnauskunftsbeamten am Ende einer Schlange.

I.
Ich. (7. in der Schlange)

Meine düsteren Gedanken kamen nicht zur Entfaltung. Ich war ungeduldig. Fußwippen ohne Cha-cha-cha. Hände in die Manteltaschen. Hände aus den Manteltaschen. Zigarette. Rauchen, ohne etwas davon zu spüren. Blick zur Uhr. Verdammt, wie lange sollte denn das noch -- Da geschah es.

Auf einmal stand das tibetanische Gebetsmühlengemurmel des Auskunftsbeamten still. Ich sah auf. Er schob seine Stimme, fixierte eine alte Dame und –

Aber, da fällt mir ein – ich hoffe, gerade noch rechtzeitig – es ist unhöflich, mit mir zu beginnen ...

II.
Der Herr, der aussah wie der Empfangschef eines Textilkaufhauses (5. in der Schlange)

„Widerlich, diese Ansteherei. Erinnert unangenehm an Fünfundvierzig. – 1945. Und das nennt sich Fortschritt ... aber Gebühren erhöhen. Eisenbahngewerkschaft ... oder wie sich das nennt. Blödsinn ...“ Zwei Schritt vorwärts“ oder wie sich das nennt.“ Gähnen. Rasch noch die Hand halb zum Munde geführt. „Lohnt sich nicht. Sind doch alle nur Proleten ... Dieser Kerl da vor mir. Mit dem Jägerhut. Auch nicht echt. Dachte ich doch. Wenn es wenigstens Filz ... Na ja. Wahrscheinlich Rentner. Kaufen doch nur das Billigste. Loden. Wer trägt so was. Wahrscheinlich mal Hilfsjäger gewesen ...“ Amüsiertes Lächeln. Blick halb zurück. „Donnerwetter. Gute Figur ... Meterware ... der Mantel. Höchstens vier Mark sechzig. Tippse. Wie könnte man hier auch eine Klassefrau ...“ Kaum hörbares Schnalzen mit der Zunge. „Aber die Beine ... Immerhin. Ob ich sie anspreche ...? Aber nicht hier ... in der Schlange. Ekelhafte Gleichmacherei.“ Blicke kreuzen sich ... Kaum ein Funkeln. Ein Lächeln hinüber. Ostentatives Wegsehen. Genugtuung. So könnte es anfangen.

Einen halben Schritt. Satzfetzen. Kaum wahrgenommen. „Nein, meine Dame. Der verkehrt erst am Morgen wieder...“ „Umwegstrecke ...“ „Anschluss 21 Uhr 19...“ „Umsteigen ...“ Einen halben Schritt.

Der Lodenmantel hängt seinen Stock über den Arm. Die Zwinge ist verrostet. Natürlich ... auch noch Beschläge auf dem Stock. Ein Hirsch ... mit Geweih. Silbern. Ein Stadtwappen. Bunt.

Ah – es geht vorwärts. Der junge Mann mit dem Kamelhaarmantel wird abgefertigt. „Gute Qualität. Das Futter ... ich wette, Wollschottenmuster. Das einzige, was dazu passt. Verkaufen wir mit 20 Mark das Meter. Der Anzug .. scheint Irischer Tweed zu sein. 50 bis 60 Mark pro Me-

73

ter. Eigentlich schade. Passt nicht zu seinem Typ. Wenn ich ihn beraten könnte ... Man sollte es ihm sagen."

Die Stimme des Beamten wieder: „Leider ... Da kann ich Ihnen auch nicht helfen. Vor einer halben Stunde schon... Nein, mit dem Nachtschnellzug haben Sie keinen Anschluss. Aber ... einen Augenblick ..."

„Homespoone ... Natürlich ... Es gibt gar nichts besseres als Homespoone für ihn. Ein auffälliges Muster. Das ist es ..." Ein Seufzen.

„Und da hinten ... auch so eine Gestalt. Unauffällig. Der Siebente in der Reihe. Scheint es eilig zu haben. Nervöser Kerl. Trenchcoatmantel mit Gürtel. Total veraltet. Ist wohl nicht ganz mitgekommen mit der Zeit. Wie? ... Dass ich keine Zigarillos mehr habe. Ärgerlich." ... Einen Schritt weiter. Die Uhr: 19 Uhr 10. „Meine Spezialmarke werde ich hier nicht bekommen. Kaiserpiccolo." Verächtlich die Mundwinkel nach unten ziehen, aber sofort wieder ein glattes Gesicht. „Trenchcoatmantel mit Gürtel!" Kopfschütteln. „Heute trägt man ... Der scheint klamm zu sein. Kein Geld ... wenig Geld ... Mein Herr ... Nein. Das wäre bei dem nicht nötig ... Einfach: Ihnen würde ich einen Glenschekanzug empfehlen. Von der Stange zwar, aber..." Für einen Augenblick eine nachdenkliche Falte auf der Stirn. „Es gibt auch Unterstapler ... Künstler und so ..."

„Hören Sie mal!" Die Stimme des Auskunftsbeamten hat jetzt Schärfe und Ton. „Hören Sie mal!! Gemeckert wird hier nicht! Verstanden?!!"

Alle Gedanken und Blicke sind jetzt aufgespießt von dieser Stimme.

„Nanu, was soll denn ..." Ein kaum spürbarer ritterlicher Impuls des Empfangschefs. „Eine alte Dame ... 70

– 75 eher … Die wackelt ja schon mit dem Kopf. Nein …
das gehört sich doch nicht. Aber dieser Beamte …"

Die Schlange wird lebendig. Stimmen. Laute, strenge,
halblaute. Empörung. Verwunderung. Aber der Auskunftsbeamte wehrt sich. „Jeden Abend …", seine Stimme schnappt über. „Jeden Abend … immer zur gleichen
Zeit. Die fährt nie nach Berlin. Nie, sage ich Ihnen …"

„Berlin … was will die denn …" denkt der Textilempfangschef. „Komische Figuren gibt es." Der ritterliche
Impuls ist vorüber. „Jeden Abend. Komische Idee."
Bouclee-Mantel. Imitierte Pelzstola. Mindestens 15 Jahre
alt … wohl älter. Mühsam erhaltene Vogelscheuche …
Goldlorgnon … Lachhaft."Die Stimme der alten Frau …
bruchstückweise … halb-laut. Kopfnickend. „Dann muss
ich warten … dann muss ich noch …" Kopfnicken.
Umdrehen.

„Menschen gibt's … Mit einem Bouclee-Mantel" …
Zwei Schritte weiter. Endlich an der Reihe. „Wann geht
der nächste Zug nach Brüssel mit Anschluss nach …"

III.

Der Auskunftsbeamte (mittlere Laufbahn)
(neben der Schlange)

„Noch drei Stunden und zwanzig Minuten. Gensing
wird mich ablösen. Gensing …" Das tut wohl. Das gibt
Aufschwung. „Gensing. Der wird ewig in Besoldungsgruppe 6 bleiben." Das tut wohl. Das gibt Aufschwung.
„Aber ich – das kann einmal schnell gehen. Wenn man
geschickt ist, wenn man auffällt … gut auffällt, natürlich
- - Gensing!" Ein Grunzton der Missachtung.

Die Fragen, die Antworten. Das geht schon beinahe von
selbst. Hamburg – Seite 10. München – Seite 16. Köln –

Seite – „Ja, wenn es nur die großen Strecken, die Hauptstrecken wären – Die Nebenstrecken. Darin steckt die Kunst. Zu wissen, wie man von Köln am schnellsten nach … nun, sagen wir, Ründeroth kommt … Ob es Busverbindungen gibt … Kleinbahn. Pendelverkehr. Stadtbahnen. Und rasch muss es gehen. Und stimmen muss es. „Der Rat hat mir die Hand gegeben und dazu gesagt: „Machen Sie nur weiter so. Wir vergessen keinen… wenn einer tüchtig ist … und pünktlich … Nur weiter so." Und er hat mir zugenickt. Die meisten haben Angst vor ihm. Aber ich …","Wie meinten Sie?" Das war eine Frage außer dem Schema. Der Beamte nimmt den Mann im Lodenmantel zum ersten Male wahr. „Einen Augenblick. Da muss ich nachsehen." Noch einen Blick in das verwitterte Gesicht. Blättern. Vor – zurück. Schon gefunden. Der nächste … Das Schema stimmt wieder.

Der Drehschemel des Beamten scheint auf einem Podest zu stehen. Er thront über den Fragern. Erhoben. Größer. Respektgebietend.

Fragen. Antworten. Blättern. Vor – zurück. „Mittlerer Dienst – Besoldungsgruppe A 5 bis A 8. Wenn ich weiterrücke … normal. Dann werde ich in fünf Jahren … Aber … es gibt Ausnahmen. Der Rat hat mir die Hand gegeben und dazu gesagt: ‚Machen Sie nur weiter …' Oder … vielleicht war es nur eine Redensart? Nein. Bestimmt nicht … Wenn ich zur Prüfung für den gehobenen Dienst zugelassen würde … Die Kordel an der Mütze golddurchwirkt … die Spiegel … Ein Eichenblatt, zwei Eichenblätter, drei – Goldkordelumrandet … Der höhere Dienst … A 13 – A 16 … Ich werde den Amtmann fragen … oder den Rat. Er hat zu meinem Vorgänger gesagt: Der Sprung von einer Gruppe in die nächst höhere ist möglich. Wir verlangen lediglich einen Leistungsnachweis. Ein Zeugnis. Lediglich …!!"

Noch 15 Minuten bis zur Ablösung. „Gensing." Ein armer Kerl. Unscheinbar. Fällt nie auf. Tritt nie hervor. Da hat doch einer einen Witz über ihn … als er sich darum bewarb, in den Verwaltungsdienst … „Die graue Maus im Ärmel der Verwaltung" … ja, das war es. Der Dienst macht Spaß. „Die graue Maus im Ärmel …" Nun muss er doch ein wenig lachen.

Fragen. Antworten. Blättern. Vor – zurück. „Der höhere Dienst … Leider. Das wird nie sein können … Da hätte man studieren müssen … Doktor … Jurist … oder - … Was war das? Das Schema war wieder einmal durchbrochen. Die alte Dame. Die alte Dame! Die alte Dame!! Wieder! Schon wieder!! Der Auskunftsbeamte spürt, wie ihm das Blut zu Kopfe steigt.

Das goldgefasste Lorgnon erhoben. Lächelnd, mit brüchiger Stimme: „Ach bitte, Herr Vorsteher – Können Sie mir sagen, wann fährt der nächste Zug nach Berlin … nach Berlin?" Sie nimmt einen Zettel, einen Bleistift.

Langsam ausatmen. Ruhig bleiben. „Der 18 Uhr 52er ist schon abgegangen." „Schon … schon fort?" „Der nächste Interzonenzug geht 23 Uhr 12." Nur ruhig bleiben. „Aber weshalb setzt denn die Eisenbahn keine Züge in der Zeit… in der Zwischenzeit ein? Ich möchte doch …" Nein. Da kann man nicht mehr schweigen! „Hören Sie mal." Und schärfer: Hören Sie mal!! Gemeckert wird hier nicht! Verstanden?!!"

Stimmen. Laute, strenge, halblaute … Empörung. Die Schlange wird lebendig … Und während er eine Erklärung abgibt und die Schlange beruhigt, muss er an § 44 des Bundesbeamtengesetzes denken." … Hält der Dienstvorgesetzte den Beamten für dienstunfähig und beantragt dieser die Versetzung in den Ruhestand …" „Aber das gilt doch nur bei Krankheit oder …", denkt er noch verzweifelt, da rückt bereits der nächste in der Schlange nach und stellt seine Fragen ... Noch 11 Minuten ... bis zur Ablösung.

IV.

Die alte Dame
(3. in der Schlange)

„Hammelragout ... Ja. Das war es ... Das isst er so gern... Ja, ja. Schon als kleiner Junge ‚Dammelfeisch'- „Ein Lächeln der Erinnerung – weit weg – verloren ... kaum erkennbar. „'Dammelfeisch' ... so rief das kleine Kerlchen immer ... Und dann krähte er vor Vergnügen und konnte nicht genug davon ... Gedämpft. Mit viel Zwiebeln ... So hat er es heute gern. Seine Frau ... Nein, nein ... Kochen kann die nicht richtig. Da muss er schon wieder einmal seine Mutter besuchen ... seine alte Mutter ..." Und die Gedanken verkehren sich. Ein froher Schreck am Ende der Gedankenkette. „Nein ... ich ... Ich ... besuche ihn ja ... Ich fahre hin ... Berlin. Warum wohnt er nur so weit ... „Der Knöchel tut weh ... Und die Wade ... Das Laufen, das ist nicht so schlimm, aber das Stehen ... Man wird alt ... Und die paar Sachen, die man noch gerettet hat. Ich ... die Frau des Studienrates Walter Remsing. Alle haben sie mich gegrüßt ... nicht nur die Schüler. Auch die Eltern ... die Nachbarn. Es war eine Ehre, mit uns bekannt zu sein. Und heute ... Elf Jahre ist er nun tot ... Ich habe ihn gern gehabt ... meinen Walter ... Ich muss mich aufstützen ... Nur den Ellenbogen etwas. So ... jetzt ist es schon besser ... Ob er auch pünktlich ankommt? Ich muss ihn doch abholen. Auf welchem Bahnsteig der Zug von Berlin ... wo kommt er nur an? ... Er hat fast immer Verspätung ... die Zonengrenze ..." Und die Gedanken verkehren sich ... Und da ist er wieder, der frohe Schreck ... Nicht er ...

Sie … Sie will ja hinfahren … in die große Stadt – zu ihren Kindern ---

„Das dauert lange heute. Weshalb fragt der Mensch da vorn aber auch so viel. Eine Rücksichtslosigkeit. Schließlich sind ja noch mehr … Und ich habe es eilig. Ja. Ich darf ihn nicht versäumen … Der Beamte ist so geduldig … Endlich geht dieser Mensch … Vielleicht weiß er nun endlich, wohin er zu fahren hat." Ein ärgerlicher Blick folgt ihm. Sie fasst die Silberkrücke ihres schwarzen, schmalen Stockes fester. Wenn es noch lange gedauert hätte – dann hätte sie vielleicht etwas nachgeholfen … mit ihrem Stock.

„Die Salbe von Tante Käthe sollte man doch einmal versuchen. Sie hat ihr geholfen …"

„Ob sie am Bahnsteig sind? Bahnhof Zoo … Bestimmt. Und wie sie sich freuen werden! … Nein, nein, nein. Sie können es ja nicht wissen, dass ich komme. Es soll ja eine Überraschung werden. Nein. Auch kein Telegramm. Das ist so sündhaft teuer … Mein Gott. Mein lieber Gott… lass mich noch einmal am Bahnhof Zoo … und die Kinder …"

Langsam rückt die Schlange weiter. Langsam. Aber die alte Dame merkt es kaum. Sie denkt weiter an gestern, an vorgestern … an morgen … Alles ein wenig durcheinander.

„Eine Zehe Knoblauch … rein gehackt … Und Paprikaschoten, rote und grüne … Viel Zwiebeln … Ich muss es ihr einmal zeigen. Fahre ich mit der Straßenbahn? Welche Linie war es nur? … Ich werde einfach fragen. Einer alten Frau wird immer geholfen … ja … und vor allem … ja, darauf kommt es an … Wenn es siedet – eine viertel Zehe langsam zusetzen und warten bis …"

„Was sie wohl für Gesichter machen, wenn sie mich an der Türe sehen? Vielleicht ist es ihnen nicht recht?" Sie erschrickt bei diesem Gedanken, aber sie legt ihn sofort wieder beiseite. „ Es gibt ja soviel zu erzählen. Gertrud wird Kaffee kochen, und ich werde in dem roten Sessel sitzen ... und mein Kleiner ... er wird mir ein Kissen in den Rücken stopfen ... Er ist ja immer so lieb und" –

Sie steht vor dem Beamten. Er blickt nicht auf. „Ach bitte, Herr Vorsteher, können Sie mir sagen, wann fährt der nächste Zug nach Berlin ... nach Berlin?" Und er blickt auf. Sieht sie an. Sehr aufmerksam, wie sie meint. Er spricht laut. „... dabei höre ich noch sehr gut" Sie hebt das Lorgnon an die Augen und nickt ihm zu. „Habe ich etwas Falsches gesagt?" Sie hört nur, dass er ärgerlich ist ... schimpft. Sie ist verwirrt. Erschreckt ... Alle Gedanken purzeln übereinander ... wie in einem Kaleidoskop. Zug, Abfahrt, Hammelragout, roter Sessel. Straßenbahn. „Ich habe ihn böse gemacht ... ich habe ihn böse gemacht ... Nur rasch etwas sagen ... Irgendetwas ... Er darf nicht denken, dass ich ihm etwas Falsches – dass ich ihn ärgern – Sonst sagt er mir nichts ... wenn ich morgen wiederkomme ... Ja. Ich werde morgen ... Morgen werde ich wiederkommen. Und die Leute alle ... sie sind auch böse. Ich will weggehen ... Einfach weggehen ..." Und sie wendet sich ab ... nickend, lächelnd. Das Lorgnon schaukelt bei ihren unsicheren Schritten hin und her ...

Und zu I.
Ich (7. in der Schlange)

Er erhob seine Stimme, fixierte eine alte Dame und –

.... ja – so könnte es gewesen sein. Ich weiß nicht, ob der Textilempfangschef tatsächlich so etwas gedacht hat ... oder die alte Dame. Ich weiß nicht, weshalb sie nach Berlin fahren wollte und an jedem Abend zum Auskunftsbeamten geht. Aber als ich im Taxi zum Flughafen fuhr ... und der Taxichauffeur über die Gefahren der Landstraße sprach, da glaubte ich, dass es so gewesen sein könnte.

Ach ja. Eines noch. Den Fahrpreis habe ich von 35 Mark auf 27 heruntergehandelt. Endlich ein Lächeln.

Und bitte. Da sehen Sie es! Wenn ich nicht so sparsam gewesen wäre, hätte ich gleich zu Anfang ein Taxi genommen, aber dann hätte ich das alles nicht erlebt.

Die Rumpffliege

Das Licht auf dem Mittelszenenspielplatz wird eingezogen.
Licht auf die Vordergrundsrampe.
Trommelwirbel steigert sich während der Sprecher mit einem jungen Mann an die Rampe tritt. Ein Lesepult wird für den Sprecher aufgestellt. Sobald beide das Pult erreicht haben, hört der Trommelwirbel auf. Der junge Mann ist nur mit einer alten Hose, einem offenem Hemd und Sandalen bekleidet. In der Nähe der Schläfen, rechts und links am Kopf – Eindellungen. Sie sind noch etwas gerötet, wie nach einer Behandlung mit Elektroschock. Sein Haar ist kurz geschoren wie bei Sträflingen. Als Sprecher könnte auch der Szenensprecher in Aktion treten.

Sprecher: Beobachtung über das Verhalten von
Rumpffliegen. Eine Geschichte mit kleiner
Trommel und Vorzeigen des Beobachters.
Fernandez Rodrigo -
(Er zeigt auf den jungen Mann. Der junge
Mann verbeugt sich linkisch)
- fünftes Kind eines Hafengelegenheitsarbeiters
im Hafen von Valparaiso.
(kurzer Trommelschlag)
Das Nesthäkchen der Familie -
(kurzer Trommelschlag)
Zwei Zimmer für Eltern und Kinder. Zwei
Zimmer geteilt durch Sieben für Kindheit und
Jugendzeit.
Fernandez Rodrigo.
(kurzer Trommelschlag)
Sein Unglück: Er wurde in Armut geboren und
war mit Intelligenz begabt.

(kurzer Trommelschlag)

Sein Unglück: Er wurde mit zwei gesunden Augen, zwei gesunden Ohren und mit zwei gesunden festen Händen geboren.

(kurzer Trommelschlag)

Sein Unglück: Er sah mit seinen Augen, hörte mit seinen Ohren und griff zu mit seinen Händen und er benutzte seine Intelligenz.

(kurzer Trommelschlag)

Und was er sah, hörte und anfasste, addierte, subtrahierte und multiplizierte er mit seiner Intelligenz. Und so las er am Ende ein Resultat ab.

(kurzer Trommelschlag)

Und auf einmal stand er links – (und auf einmal stand er bei Allende.)

(kurzer Trommelschlag)

Vor zwei Monaten wurde er aus dem Stadtgefängnis entlassen in eine Welt, in der endlich wieder ein Oben und Unten nach bewährten alten Regeln galt.

(kurzer Trommelschlag)

Arm war wieder arm und reich wieder reich. Und die alte und neue Gleichheit gab es nun wieder – die Gleichheit der Armen mit den Armen und der Reichen mit den Reichen.

(kurzer Trommelschlag)

Fernandez Rodrigo hatte sich sehr verändert. Seine Freunde und seine Feinde erkannten ihn nicht wieder. Aber es war nicht nur die äußere Veränderung -

Er war ein anderer Mensch geworden, als er in die Armenviertel des Hafens von Valparaiso zurückkehrte.

(kurzer Trommelschlag)

Nach seiner Entlassung aus dem Stadtgefängnis des siegreichen Generals hatte er kein Wort mehr gesprochen. Nicht zu seinen Freunden und nicht zu seinen Feinden. Es ging das Gerücht, dass er seine Sprache verloren habe. Ein Sechzehnjähriger stach ihm unter Zeugen eine Nadel ins Gesäß. Fernandez gab keinen Laut von sich und der Sechzehnjährige verlor eine Wette.

(kurzer Trommelschlag)

Es war überhaupt nicht mehr viel mit ihm anzufangen. Hin und wieder verrichtete er eine Gelegenheitsarbeit für ein Stück Brot und einen Schluck Schnaps. Beete harken in den hellen Vierteln der Stadt oder Unrat aufsammeln. Im Unrat aufsammeln war er wirklich gut.

(kurzer Trommelschlag)

Aber wenn man es genau ansah, dann tat er eigentlich so gut wie nichts. Meist saß er in der Sonne, döste vor sich hin oder spielte. Eines seiner Spiele war ‚Die Beobachtungen über das Verhalten von Rumpffliegen.'

(kurzer Trommelschlag)

Das Spiel war denkbar einfach. Zunächst brauchte es allerdings einige Geschicklichkeit. Es mussten ein oder besser zwei Fliegen gefangen werden. Dann musste es gelingen, die gefangenen Fliegen in der Hand oder mit den Fingern festzuhalten, bevor sie wieder fortfliegen konnten. Danach war alles kinderleicht. Es mussten ihnen nur rechts und links die Flügel ausgerissen werden. Nötig war außerdem ein Glasfenster oder ein Teil davon aus dem Schuttgerümpel – den es ja neuerdings in Massen gab. Das Glasfenster musste nun

schräg über einen Backstein gelegt werden.
(kurzer Trommelschlag)
Die Bestürzung der Rumpffliegen, den
nunmehr ein offensichtlich wichtiges Element
ihres Fliegendaseins genommen war, zeigte
sich sofort nach der Prozedur und relativen
Freilassung der Rumpffliegen. Mit ungeheurer
Schnelligkeit rasten sie zunächst hin und her.
Das taten alle zu Beginn. Ratlos und ziellos.
Nur rasend schnell bewegt. Ein
Rumpffliegenbeinwirbel. Aber langsamer
wurden sie alle. Oft fasste Fernandez nach den
Rumpffliegen mit zwei Fingern, so, als ob er
sie anfassen und aufnehmen wollte. Die
Rumpffliegen, nicht fähig zu erkennen, dass
dieses Manöver ausnahmsweise harmlos und
nur eine Finte war, verharrten zunächst
ausnahmslos einen Augenblick ohne
fortzurennen, da ihr eingeborener Instinkt
ihnen gebot fortzufliegen. Es war nun
ungeheuer interessant zu beobachten, wie die
Zeitspanne des Verharrens, um fortfliegen zu
können, bis zum instinktiven Begreifen, dass
jetzt nur noch ein Fluchtweglaufen relative
Rettung bringen könnte, sich von Versuch zu
Versuch verkürzte.
(kurzer Trommelschlag)
Fernandez hatte damit begonnen, eine Tabelle
anzulegen, die nach dem Sekundenzeiger
seiner alten Taschenuhr, naturgemäß ungenau,
ausgerichtet war. Alle Zeiten unter einer
Sekunde nannte Fernandez ,Die
Rumpffliegennullzeit.'
(kurzer Trommelschlag)
Manchmal dachte Fernandez darüber nach, ob

die Rumpffliegen wohl Schmerzen fühlten an den Stellen, an denen ihnen die Flügel herausgerissen wurden. Aber Rumpffliegen haben keine Sprache – jedenfalls keine, die Nichtrumpffliegen verstehen könnten. Aber was mochte in ihnen vorgehen, wenn sie die Stummelflügelansätze in verzweifeltem Bemühen rasend schnell bewegten, um aufzufliegen, sich aber nicht mehr erheben konnten?

(kurzer Trommelwirbel)
Nach dem Spiel sperrte Fernandez die Rumpffliegen, die überlebt hatten, in ein Einweckglas. Ein komfortables Gefängnis vom Standort einer Rumpffliege her gesehen. Trotz allem – am nächsten Morgen waren die meisten von ihnen tot.

(Trommelwirbel)

Fernandez Rodrigo tritt zurück ins Dunkle. Der Sprecher faltet seine Papiere zusammen und geht ab. Das Pult wird weggenommen. Fernandez hat wieder auf der linken Tribüne Platz genommen.

Aus dem Leben eines Untermieters

… und blitzschnell hatte er den Colt in der Hand. Die drei Gangster erstarrten. Nur ein knapper Wink mit dem Kopf und die drei verwegen aussehenden Burschen liessen einer nach dem anderen ihre Schießeisen zu Boden fallen.

"Umdrehen!" Nur halblaut gesprochen. Wie auf dem Exerzierplatz machten sie auf dem Absatz kehrt. Gleichzeitig. Er lachte sein heiseres, kehliges Lachen. Die drei rührten sich nicht. „Ich will euch eine Chance geben." Dreißig Sekunden. Nach einer kleinen bedeutungsvollen Pause: „Eins, zwei, drei. Los!" Sie rannten, als gälte es den Preis aller Länder der Erde zu erringen! Sie schlugen Haken wie die Karnickel. Er lachte, lachte, lachte - -

Er wollte den Colt heben. Etwas hielt seinen rechten Arm fest, seine Hand, beide Arme, seine Hände. Er versuchte sie loszureißen, zog, zerrte. Vergebens.

Stöhnend schlägt der Untermieter X seine Augen auf.
Da sieht er es.
Genau vor seinem Gesicht.
Ein Tier …
Ein Insekt … ein Rieseninsekt.
Oder ein Krebs … ein …
Zwei gelbe, große Kerbgliederarme, an einem blauschwarzen Körper, ausgebreitet wie zur Umarmung. Zwei Scheren an ihren Enden.

Das Tier blickt ihn an. Regungslos. Beobachtend.

Nach dem ersten Schock versucht der Untermieter behutsam seinen Kopf zu heben. Sofort richtet sich das Tier auf. Sein Hinterleib schwingt nach vorn. Den Stachel drohend zum

Zustoßen aufgerichtet.

"Ein Skorpion". Deutlich erkennt er jetzt im
fahlen Morgenlichte die schmalen Segmente des
Schwanzes.

Sechs zählt er.

Er wagt nicht zu atmen.

Langsam, zögernd, bewegt sich der Schwanz mit
dem Stachel wieder zurück in Ruhestellung.

„Skorpione". Westermanns Monatshefte. Der Natur-
freund. „...besonders gefürchtet der gelbe oder braune
Dickschwanzskorpion. Sein Biss kann auch für Menschen tödlich ... Vier Laufbeinpaare. Sieben vordere,
breite Segmente ... Einzelgänger ... Gefährlich ... gefährlich ... auch für Menschen ... möglicherweise ...
eventuell ... tödlich ... Lähmung ... sofort ... nach Stunden –„

Das Herz des Untermieters schlägt laut. Sein
Atem geht schneller. Er versucht, die rechte Hand
zu bewegen, die linke. Unmöglich. Auch seine
Beine – Was war nur geschehen? Seine Knie ---
zwei Zentimeter Spielraum ... höchstens. Der
Hals, die Brust, sein Leib. Eingeschnürt. Sein
Körper festgebunden ... gefesselt in die halb zur
Seite gerutschte dünne Schlafdecke.

Seine Augen haben sich nun an das Morgen-
zwielicht gewöhnt. Der Skorpion wendet sich ab.
Langsam, unendlich langsam. Beinpaar für Beinpaar, nahe an seinem Mund vorüber. Aus den Augenwinkeln kann er ihn noch sehen. Aber die ge-
ringe Erleichterung reicht nur für einen Atem-
zug. Sobald er wieder geradeaus blickt, auf seine
Schlafdecke – Eine Spinne ..., zwei, drei, zwanzig. Mehr ... unzählbare. Geschäftig auf und ab-

kletternd. Ohne Notiz von ihm zu nehmen. Hin- und her rennend. Aus unerklärlichen Gründen plötzlich einhaltend, als würden sie auf einen für Menschen unhörbaren Befehl aus einer Spinnen- zentrale lauschen.

Dazwischen ... Jetzt ganz klar zu sehen. Asseln, wimmelnd, verklumpt andere, blauschwarz, matt schimmernd wie Metall. Und immer neue Fäden von rechts nach links, von links nach rechts. Verknüpft, verknotet, verstrickt. Unaufhaltsam.

Ballonkörper. Beine, hauchdünne Stelzen, sechs, acht ... riesige, kleine, größere, eingeknickt, drei- und vierfach.

Am rechten Ohr. Über der Schläfe. In den Haa- ren. Klebrig. Schleimfäden. Spinnenbeine, spitz, krallig.

Vor dem linken Auge bleibt eine graugrüne Spin- ne stehen. Die eingeschrumpfte Fratze eines alten Mannes. Vieräugig. Schwarze Knöpfe. Blank ge- putzt. Haarige Arme und Beine. Eine kurze Dre- hung. Der eiförmige Hinterleib. Ein heller Trop- fen, wie eine Träne. An den Augenbrauen veran- kert. Ein Faden über das Auge. Zwinkern. Um- sonst. Zwinkern. Atmen. Die Spinne macht wie- der Halt. Sie dreht sich um zu ihm. Sieht ihn an, als ob sie ihn hypnotisieren wolle.

Es wimmelt jetzt von Spinnen, Asseln, Skorpi- onen, Milben, Läusen. Ungeniert laufen sie über seinen Kopf, seinen Mund, in die Ohren.

Facettenaugen. Verwinkelte schwarz glänzende Spiegel ... sein Gesicht, die Nase, ein Auge ... zerlegt, zwanzigfach, hundertfach.

Grüne, braune, rote, gelbe, schwarze …

„Schwarz." – Westermanns Monatshefte!

Die schwarze Spinne … die schwarze … Die schwarze Witwe. Richtig. Das war es. Ihr Biss ist gefürchtet. Aus der Familie der … ich weiß es nicht mehr … auf der Unterseite des Körpers ein etwa ein Zentimeter langes rotes Warnzeichen…

Die Naturfreunde!! Westermanns Monats … Aus Wald und Flur … Die Gliederfüßler … Die …

Am Ohre beginnt es zu jucken. Jetzt auch an der Nase, am Hals, am anderen Ohr.

Der Raum ist jetzt erfüllt von den Geräuschen der Tiere. Winzig, intensiv, alles durchdringend, alles verschlingend. Es reicht von Wand zu Wand, vom Boden bis zur Decke. Die ganze Kammer – ein Knistern, ein leiser Regen. Tausend Spinnenbeine. Wenn ihre Glieder aneinander schaben klingt es manchmal, als ob feines Seidenpapier zerreißt.

Auf seiner Brust beginnt das Liebesspiel zweier Spinnen.

Zwei bunte, haarige Vogelspinnen. Violett, gelb, rot. Strampelnde Beinglieder.

Irgendetwas kriecht in den Ärmel seines Pyjamas.

Zangen zwicken, Scheren kneifen.

Das Herz schlägt rasende Wirbel. Der Atem rasselt. Er dreht ein wenig den Kopf. Wenn doch nur endlich … wenn eine Hilfe …

Seine Wirtin. Seine Wirtin. Schreien. Schreien. Um Hilfe schreien.
Hilfe! Hilfe! Hilfe!

Sie hat einen guten Schlaf. Wer weiß das besser als er. Schon zwei Jahre wohnt er bei ihr. Zwei schreckliche, demütigende lange Jahre.
Hilfe! Hilfe!! Hilfe!!!

Die Glocken der nahen evangelischen Kirche beginnen ihr Glockenspiel.
"Befiehl Du Deine Wege ..." ... Ding, dong, ding, dong, ding, dong, ding ... Der Hund aus dem Nachbarhaus beginnt programmgemäß zu heulen, wie immer, früh, mittags und abends. „Der katholische Hund", so hat er ihn im Spaß getauft.

Die hohlen Töne des Hundeheulens, das Ding, Ding, Dong, Dang des Glockenspieles ... Hilfe! Hilfe!! Hilfe!!!

Das Radio des Nachbarn setzt lautstark ein ...
"Schuld hat nur der Bossa nova ..."

Ein Skorpion hat auf seinem Kinn blitzschnell eine Spinne gepackt. Sie windet sich und tanzt einen Todesverzweiflungstanz ...

Der Hund heult immer noch.

Ding, dang, dang, ding ...

„Schuld hat nur der Bossa nova ... der ist Schuld daran ..." Der Giftstachel hat sie getroffen. Der Skorpion schleppt sie fort. Auf seinem Halse bleibt er sitzen und beginnt seine Beute zu verschlingen.
Der Untermieter wagt kaum zu atmen. Speichel läuft in seinem Munde zusammen. Er müsste schlucken ...

Er schreit auch nicht mehr.

Abrupt bleibt eine Vogelspinne vor ihm stehen. Er muss husten. Sie richtet sich auf. Alarmiert. Das ist das Ende... Das ist das Ende... Nein. Sie stelzt weiter. Geruhsam. Viel zu langsam.

Das Netz um ihn ist unzerreißbar. Die Spinnen haben ihre Tätigkeit eingestellt. Sie laufen nur noch träge hin und her. Er kann ihnen nicht mehr entkommen. Er ist ihnen sicher. Sie scheinen ihn zu beobachten, einen Plan auszutüfteln, wie sie ihn am besten aussaugen, zerlegen, auffressen können.

Kalter Schweiß steht auf seiner Stirn. Kleine Rinnsaale laufen über sein Gesicht. Das Kopfkissen wird feucht.

Einige Schaben oder Spinnen haben sich auf seiner Stirne neben den Schweißtropfen und den Spuren der Schweißbäche niedergelassen. Sie laben sich an der salzigen Feuchte.

Die Glocken haben aufgehört.
Der Hund winselt noch.

Aus dem Radio dröhnt zackig und stramm... „Alte Kameraden..."

Der Untermieter denkt jetzt zum ersten Male ans Sterben. Er ist ruhiger geworden. Er beginnt aufzugeben.

Viel hat er nicht zu hinterlassen.

Seine Wirtin wird ihm das nie verzeihen, dass er in ihrer Wohnung gestorben ist. Aber ... und dabei muss er lächeln ... das kann ihm gleichgültig sein. Ein Toter ... ein Toter kann sich nicht mehr ducken.

Das Heer der Insekten hat sich jetzt gelagert, verdaut oder ruht sich von der Arbeit des Einspinnens aus.

Gullivers Reisen ... Wie lange ist das her ... Als Kind hatte er es gelesen. Es war seine Lieblingslektüre. Gullivers Reisen –

Noch einmal kommt die Angst über ihn. Erst kleine Wellen ... Schauer ... dann eine Woge ... Rot ... atembeklemmend. Einen Schrei ... einen einzigen Schrei stößt er aus. Nichts.

Der Wecker neben ihm rasselt und schrillt ... bis zum Ende ... bis zum Ende. Bis zum Ende .... Bis zum Ende ...

Die Stimme seiner Wirtin. Heiser, unappetitlich. „Aufstehen!"

Und noch einmal „Aufstehen!"

Sie steckt den Kopf in sein Zimmer. "Aufstehen!" Schon sieben vorbei." Sie tritt ins Zimmer, an sein Bett. Ihr rotgelber alter Morgenrock klafft auseinander. Dann lacht sie, lacht, lacht. Ihre Lockenwickler schütteln sich vor Lachen. Ihr Morgenrock kann sich kaum beruhigen. Schließlich wischt sie sich, mühsam atmend, die Tränen aus den Augen und blickt ihn streng an.

Er erstarrt völlig unter ihren schwarzen Knopfaugen.

Dann nimmt sie eine Schere aus der Tasche ihres Morgenrockes und schneidet die Spinnenfäden rechts und links von ihm auf.

„Der Kaffee ist schon überbrüht. Ich setze ihn nicht noch einmal auf. Meine Gasrechnung muss ich selber bezahlen. Verstanden?" dabei stelzt sie kichernd aus der Tür.

Der Untermieter erhebt sich gehorsam, wie er es schon seit eh und je getan hat, denn er fürchtet sich vor dem Zorn seiner Wirtin.

Das Monument

„Stillgestanden!!!"

      Eine uniformierte Faust am blanken Messing.
Gellender Trompetenstoß aus einer Offiziersbartröhre.
Zerhackt in eine große, eine kleine, eine große Silbe.
Gellend zerstoßen.

      Zerbeilter Schrei.

„Stillgestanden!!!"
Lebende Soldatenmauer.
Grau mit paspelrotdurchsetzter Stoffwand.
Ausgezirkelter Wald von schwarzglänzenden,
hochpolierten Soldatenstiefeln.
Puppengenau ausgewinkelt.
Ein Lebenswall – totgedrillt.
Feststehend.
      Rührlos.
            Bewegungslos.
                  Sargfertig.
Ein Todesprotz in Sonnenschein und Farben.
Blitzende Helme.
Eisglatte Degen – gen Himmel gereckt.
Koppel,
      Schnallen,
            Ordensgeflunker – geflinker im jagenden
                                Windlicht -
Spiele der Sonne und Wolken.
Und Fahnen.
      Fahnen!
            Fahnen!!
Träge hängende, goldbetrottelte an Truppenspitzen,
Kompanien, Bataillone, Regimenter. Standarten in
rechteckigen Stahlrahmen. Starr, steif wie die

festgestellten Soldatenmänner. Wellig flatternde
daneben. Ringsherum. Landesfarbig bunte. Viele. Eine
wie die andere landesfarbig. Bunt.
Ernst.
    Erhaben.
        Erhebend.
            Verpflichtend.
                Schwurgierig

Und immer über – immer über den Köpfen der
Lebenden. Immer über dem Leben. An Masten,
in Fäusten von
Männern,
    Frauen,
        Mädchen,
            Jungengruppen.

Uni – natürlich Uniform alles. Alles.

Feierlich.
    Groß.
        Massig.
        Massig.

Menschenmassenschwarz Volk hinter Absperrseilen.
Geduldig. Geil. Hungrig auf's Sehen.
Augenhineinfressen. Dabeisein.
Dabei gewesen sein.
Mitgemacht haben.
    Geschichtlich.
        Historisch.
            Augenblick.

Großer, einmaliger historischer Geschichts-Atem-
Anhalte-Tag. Fanfarengruppen.

Hellgelb schmetternd.

Lange, helle, schwarzflammenbemalte
Landsknechtstrommeln.

Tumm, Trumm, Trumm, Tarrum.
Tumm, Trumm, Trumm, Tarrum.

Schlegel auf und - ab. Geschlagen.
Gleichmäßig.
Gleichmäßig wie alles hier.
Takt.
Trumm, Darum, Darumm
Dumm, Darumm.

Die Bühne – der Platz. Der Stadtplatz. Das Staatsquadrat.
Und in der Mitte die Grube.

Das Grab. Das ungeheure, riesige Grab.

Die braunschwarze, aufgerissene Schnauze des Todes.
Der offene Todesrachen.
Ein Schrei. Ein gewaltiger Schrei aus dem Erdmaule.
Lautlos – aber vorhanden. Da.

Nicht zu überhören, nicht wegzuhören.

Immer gegenwärtig vor den bunten, starren,
stillgestellten, installierten Menschenmauern – garniert
durch und mit dem Messing- und Trommel-Tatta-
Tarrum.

Zwei Balken über dem nahezu quadratischen Loch, der
Grube. Und darüber – noch thronend – noch –

das Opfer.

Ein sieben Meter hoher, drei Meter einundneunzig breiter
Gipskopf.
Der Kopf.
Das Haupt.

99

Das Gesicht des ,Retters des Vaterlandes'.

Siebzehn Jahre lang hat er den Platz der Republik
bestanden.
Siebzehn Jahre lang hat er die Stadt überragt – den Staat.
Siebzehn Jahre haben ihn verschlissen.
Trübe,
dreckig,
       grauschwarz mit Gipsweiß. Das ist sein Gesicht
       heute. Ein Gipskopf für den Neuen ist gegossen.

Der neue Gipskopf kann den alten nicht mehr brauchen.
Er ist im Wege. Das einstimmige Urteil lautet:
Ihn totloben und mit Pomp.
Möglichst rasch und endgültig.

Die Zeiten haben sich gewandelt. Zum Besseren? Zum
Schlechteren? Wer misst die Millimetergrade der
Fliegenschritte.
Drei Meter Erde über den Kopf. Über das Haupt des
,Retters des Vaterlandes'.
Drei Meter. Und festgestampft.
       Blumen und Kränze. Schleifenprotzig
mit Sprüchen.
      Heute.
       Morgen nicht mehr, denn das Gesicht ist
       tot. Es lebe das Neue!

Und inmitten der gewaltigen, heroischen Kulisse – inmitten der Star-Inszenierung – durch Fanfaren – und
Trommelwellen – schreitet ein Mann. Klein. Winzig
wirkend – ein Einzelner gegen die großartig ausgestellten
Massen.

Ein uniformgeschneiderter Maßanzug. Kein Ordensband
am blanken Revers. Aufrecht. Hoch aufgerichtet.
Bloßhäuptig. Zivilistisch.

Ja - Er sieht zivil aus, obwohl er so zielbewusst jetzt
vorwärts schreitet – hin zu einem Fahnenkranzpodium.
Fast zivil.
Über den ganzen Platz.
Hin zu den Goliathriesenemblemen.

Zwei glänzende, blanke Offiziere rechts und links neben
ihm. Mit gezücktem Schwert. Grillspießbereit.
Er sieht zivil aus. Fast zivil, aber –
aber er - er ist das neue Gesicht!!
Blitzlichter.
Fotolinsen.
     Kameras.
          Fernsehen.
               Wochenschau.
                    Nachrichten.

Dabei gewesen sein. Auch wer nicht dabei war. Das neue
Gesicht verhilft dem alten zum Grabschluß.

Feierkommandos.
Getragen. Angemessen dunkelstimmig.

Steile, anreißende, taktharte Musik von den
Truppenspitzen. Kommandos. Knapp. Neue.
Soldatenfäuste packen braune Gewehre. Die Todesdolche
auf den Läufen blitzen bei der ausgeführten
Kommandobewegung der Staatsrevuetruppe.
Tausend Fäuste – ein Schlag, ein Blitz.
Sie präsentieren. Präsentieren sich -   ihm.
Gelassen, zivil, ernst, gefasst, feierlich - er.
Mikrofone.
Lautsprecher.
     Kameras.
          Fernsehen.
               Fotoblitzlichter.

Surren. Knacken. Knarren.
　　　　Mechanische Geräusche.

Fertig – fertig zur Leichenrede für ein graues,
ausgedientes Gesicht.

„Soldaten! Parteifreunde! Freunde!" geben die
Lautsprecher von sich.

Genau eingeteilt. Auch das Volk.
Ausgerichtet.
Eingerichtet.
　　　Gehorsam.
　　　　　Folgsam.
　　　　　　　Brav.
　　　　　　　　　Treu.

Es sind zu viele Todesdolche auf die Gewehrläufe
gesteckt worden. Es sind zu viele –

„Soldaten! Parteifreunde! Freunde!
Siebzehn Jahre einer ruhmvollen Zeit gehen mit dem
heutigen Tage zu Ende."
Es sind zu viele Todesdolche auf die Gewehrläufe
gesteckt worden. „Seht ihn euch an – diesen Mann. Er
war groß."
Es sind zu viele Todesdolche auf die Gewehrläufe
gesteckt worden.
"Wir begraben ihn heute als Freunde und Mitstreiter."
Es sind zu viele Todesdolche auf die Gewehrläufe -
Wir Freunde - seine Freunde –
　　　　　Freunde –
　　　　　　　Freunde---"

Freunde. Alle Freunde. Alles Freunde.
Die Feinde stehen nicht still. Kein „Stillgestanden" für
sie. Noch nicht. Noch nicht auf das Kommando des
neuen Gesichtes.

Und die Rede redet.
Eine Stunde.
      Zwei Stunden.
            Drei Stunden.
Das Mikrofon wird heiser.
Aushalten.
      Durchhalten.
            Durchstehen.
Ehren. In Ehren. Ehren!!

Etwas Ärgerliches geschieht, etwas Unvorhergesehenes,
Menschliches.
Ein Stein bricht aus der Uniformmauer.
Ein Soldat bricht zusammen.
Sein Gewehr scheppert über das Pflaster.
Weggeräumt.
Soldat und Gewehr.
Wie Unrat.
Schnell. Unauffällig.
Die Mauer hält.
Sie hält.
      Sie hält aus.

"Die Garde stirbt, sie fällt um, aber sie ergibt sich nicht."
Das wäre ja auch wirklich nun -
Auch der Lautsprecher gibt nicht auf.
" – aber er war den harten Anforderungen
der Zeit nicht mehr gewachsen. Neues braucht neue
Männer."
Beifallsgetose – Getöse von den Massen hinter den
Absperrseilen – Stangen.
Der zivile, der neue Mann. Das neue Gesicht. Kritisch.
Vorsichtig kritisch. Vorsichtig abloben – auf die
Schrägrutsche mit Blumen und Fanfaren schieben.
"Neues braucht neue Männer."
Und das Neue – ist er. Neues – keine grauen

Staubgesichter.

Neue Spruchbänder.

Neue Orden.

Neue Marschälle. Generale. Kriegsministerien. Offiziere des Oberkommandos, des Generalstabes.

Gruppenkommandos, Generalkommandos der Panzertruppen, der Infanteriedivisionsstäbe, der Jägerbataillone, Maschinengewehrabteilungen, Radfahrbataillone, der Kavallerie, der reitenden Artillerieabteilungen, der Beobachterabteilungen, der Nebelabteilungen, der Pioniereinheiten, der Panzerabwehr. Neue Farben. Alte.

Truppengattungen.

Angetreten im noch gültigem Glanze.

Dastehend. Hochrot.

Karmesin.

Kennzeichen.

Weiß. Rosa. Weiß. Hellgrün. Goldgelb. Hochrot. Bordeaux. Rosa. Weiß. Weiß.

Spiegel. Litzen. Paspeln.

Helmgröße 60 für Kopfweiter 50 – 52 cm. Gewicht etwa 980 – 1080 Gramm. Helmgröße 62. Helmgröße 68.

Ordensschnallen. 4 Zentimeter Zinkblech. Ordensband.

Unterfütterung.

Oberfütterung.

Nadel. Öse.

Die Länge der Schnalle.

Die Höhe.

" – er war der Anforderung der Zeit nicht mehr gewachsen. Neues braucht neue Männer."

Die Rede, die Fanfaren gehen über den grauschwarzen Gipskopf hinweg. Sie erreichen ihn nicht.

Das Gesicht bleibt stumm, altgrau.

Fetzen der Rede hin und wieder – angeweht.

Dazwischen Kommandos. Alte Kommandos.
Kommandos seiner Zeit. Seine Kommandos: Worte. Alte
Worte. Alte Sätze – Nur für ihn noch erspürbar – noch
eben hörbar – auch nur ab und zu …

"einmalige geschichtliche Größe."
"Ein Gigant der Geschichte…"
"…das Vaterland gerettet…"
"…den Gegner vernichtet und…"
"… den politischen Feind … Abgrund
gestürzt…"
"…gestürzt…"
"…gestürzt…"
"…waren den Anforderungen der neuen Zeit
nicht gewachsen…"
"…Neue Zeit braucht neue Männer…"
"…er… ist die neue
Zeit…ewig…unvergänglich…"
"Zum Sturmgewehr – rechts!"
"Seitengewehr – an Ort!"

Beim ersten Präsentieren wird „Hurra" gerufen und
sobald der Staatschef an den Flügel herankommt, der
Präsentiermarsch und die Nationalhymne gespielt und
zwar die Letztere erst, sobald der Staatschef die Musik
des betreffenden Truppenteils passiert…

Und wie Honigbienen im Spätherbst – Fetzen –
Satzfetzen aus dem Frühling, dem Sommer des
Graugipskopfes.

„…dieses Denkmal… wir heute… enthüllt… dem Platz
der Republik… ein Mahnmal für spätere Generationen,
die…
…Jahrhunderte…
der größte Sohn unseres Volkes…
…tief verneigen…

...nie vergessen...
  ...wir schwören...
    ...schwören...
        ...wir schwören..."
"Paradeaufstellung!"
"Parademarsch in Zügen! Bataillon – Marsch!"
"Fahnenunteroffiziere – Marsch!"
      "Achtung!"

Vier Soldaten und ein Offizier haben an der Staatsgruft Aufstellung genommen. Breitbeinig. Hände auf dem Rücken. Helm vor den Füßen. Sprechmaschinen.
    Lebende Lautsprecher.
      Dressurwunder.
Keine Hebung oder Senkung der Stimme. Geradeaus. Sprechmaschinen.
Monoton exakt.
    Exakt.

Erster Soldat. Zweiter Soldat. Dritter Soldat. Vierter Soldat. Offiziersdegen dirigiert.
Erster: Der Tambourstock.
Zweiter: Beim Antreten.
Dritter: Die rechte Hand fasst den Stock unterhalb der Kugel mit der vollen Hand.
Vierter: Der kleine Finger befindet sich oben, -
Erster: - der rechte Ellenbogen ist etwas vom Leibe abgerückt -
Zweiter: - der Stock steht mit der Spitze unmittelbar --
Erster: Feststellen der Stiefel – bzw. Schuhlängen und – weiten.
Dritter: Der Mann tritt in Strümpfen mit beiden Füßen derart auf den Fußmesser, dass die Füße die eiserne Seiten- und Rückwand berühren.
Vierter: Sodann wird der Holzschieber gegen die große Zehe geführt und an den messingenen Zeiger -

Zweiter: - desselben die für den betreffenden Fuß betreffende Stiefel -
Erster: - beziehungsweise Schuhlänge abgelesen, wobei stets der -
Vierter: -
Erster: -
Zweiter: Bei ungleichen Füßen -
Vierter: - gilt das Maß des Längeren...

Triumph der Dompteure.
Vorgeführte Zirkus-Sensation.
       Gedächtnissuperlernpuppen.
Perfektion der Unterwerfung.
     Gekonnt. Gekonnt.
Erster. Zweiter. Dritter Soldat. Offizier. Vierter Soldat.
Dienstvorschriften.
     Paragraphenstraße – Alleen.
           Glanzbravour.

Und das Tschingbumm und bumm tarrum von gestern und heute umspült das grauweiße Gipshaupt des abgeschafften, angeschrammten Heroen des Volkes.

Ein zu diesem hehren Zwecke extra neu lackierter Baukran schwenkt eine Krankanzel zu dem alten Gipskopf. Ein Priester im vollen Wichs darin. In seiner rechten Hand etwas schwenkend – dazu etwas murmelnd-
Lautsprechergetragen.
Dann hält die Kanzel – handnahe vor dem Großen Gestrigen.
Die Priesterhand greift in das Gipsgesicht.
Eine Handvoll Gips knirscht.
     "Erde zu Erde, Gips zu Gips, der Name des
     Neuen sei gelobt."
Weißgrauer Gipsschnee fällt in die dunkle Gruftfalle.

Knirschend –
Hand für Hand-
        immer tiefer in das Haupt des Helden des
        Volkes.
Knirschend.
Weißer Gipsschnee.
        Noch ganz weiß – innen.
                Wie neu.
Knatternd Salven darüber geschossen.
          Blauweiße Wölkchen.
Gewehrpeitschenschläge. Den Priester zur Eile mahnend.
Und noch einmal –
        noch einmal.
Dazu jetzt die gesamte Musik – einfallend.
Der Priester ist kaum noch zu verstehen.
        "Erde zu Erde, Gips zu Gips…"
Gipsschnee über die Grubenränder. Die Soldaten, die ihr
Reglement aufsagen. Noch immer.
        Noch immer plappernd.
Der zuckende Dirigierdegen des neuen, jungen Offiziers.
Schnee.
Musik.
    Salven.
        Peitschen.
Das Gesicht stürzt zusammen.
        Hinunter.
           Eine Schneelawine.

Eine Schneewolke wirbelt aus der Gruft.
Der Priester wird zurückgeschwenkt.
Die vier Soldaten und der Offizier sind im Schneesturm
nicht mehr zu sehen.
Zwei Planierraupen rollen heran.
Erde erstickt den Gipsaufruhr.
Motoren jaulen auf.

Gesenkte Fahnen.

„Stillgestanden!!!"
      Eine uniformierte Hand am blanken Messing.

Gellender Trompetenstoß aus einer Offiziersbartröhre.
Zerhackt in eine große, eine kleine, eine große Silbe.
ellend zerstoßen.
Zerbeilter Schrei.

"Stillgestanden!!!"

Lebende Soldatenmauer.
Graue paspelrotdurchsetzte Stoffwand.
Ausgezirkelter Wald von schwarzglänzenden,
hochpolierten Soldatenstiefeln.
Puppengenau ausgewinkelt.
Ein Lebenswall – totgedrillt.
Feststehend.
Rührlos.
      Bewegungslos.
            Sargfertig.
Ein Todesprotz im Sonnenschein und Farben.
Blitzende Helme.
Eisglatte Degen – gen Himmel gereckt.
Koppel,
      Schnallen,

         Ordensgeflunker – geflinker im jagenden
         Wind-
Lichtspiele der Sonne und Wolken.
Und Fahnen.
Fahnen!
      Fahnen!!!

Der seltsame Aufstieg des Redakteurs F. M.

Als Fritz Meier im Badezimmer in den Rasierspiegel sah, grinste ihm sein Gesicht entgegen. Das sollte morgen ein Spaß werden. Sein Berufsleben im Fernsehen war bisher fast lautlos verlaufen, nun wollte er einmal einen Paukenschlag als Verzierung darüber setzen.

Und Meier hatte Recht. ‚Lautlos‘ waren seine Stunden, Tage, Monate und Jahre im Sender verlaufen. Und er war nicht sicher, ob er von seinen Kollegen überhaupt bisher bemerkt worden war. Dass ihm das alles auffiel, zeigte jedoch, dass er keineswegs so farblos, keineswegs so ohne Emotionen war, wie seine Berufsumgebung wohl meinte. Er war in Massen sogar recht intelligent. Seiner Person gegenüber war er allerdings Pessimist. Er hielt nicht allzu viel von sich selbst. Er misstraute sich und vermied daher alles, was ihn aus seiner Umgebung herausheben könnte. Er wollte ganz bewusst oder doch nahezu bewusst, untergehen in der Menge. Das war ihm bisher glänzend gelungen, aber dann kam wohl ein Augenblick der Unschuld mit sich selbst, ein Punkt eines Übermutes, eine kleine Sehnsucht auch einmal angesehen zu werden. Das war durchaus verständlich – es machte Fritz Meier menschlicher.

Wenn er die Folgen bedacht hätte, durch die er am Ende vollständig herausgehoben, überstellt und geradezu von Scheinwerfern angestrahlt wurde, wenn dieses Bild erlaubt sei, dann hätte er seinen Streich dem Sender wohl nicht gespielt. Aber zu unserem Glück oder Unglück wissen wir meistens nicht, wie das Ziel aussieht, wenn wir den ersten Schritt auf die gewollte Bahn lenken.

Vielleicht sollte noch erwähnt werden, dass er zu dem Sender und zu seinem Beruf ohne eigenes Zutun gekommen war. Wenn es etwas Bemerkenswertes zu dem Redakteur Fritz Meier anzumerken gab, dann war es das eine: Er hatte einen Verwandten, einen Onkel glaube ich, im Verwaltungsrat des Senders sitzen. Und dieser Verwandte hatte ihn auch als Redakteur dem Intendanten vorgeschlagen, und wie nicht anders zu erwarten, war er engagiert worden. Nicht zuletzt deshalb suchten hin und wieder einige seiner Kollegen seine Nähe, aber bei ihm war in dieser Richtung nicht viel zu erwarten, wie bald rundherum eingesehen wurde.

Als Fritz Meier an jenem verhängnisschweren Sonntag, der so vieles nach sich ziehen sollte, in seinen Rasierspiegel sah, grinste ihm sein Gesicht entgegen. Das sollte wahrhaftig einmal ein Spaß werden. Danach setzte er sich, noch immer grinsend, an seinen Schreibtisch und las noch einmal den ‚Zeitungsartikel' durch, den er vor einer halben Stunde fertig gestellt hatte und den er an seinen Abteilungsleiter weitergeben wollte.

Der Sender segelte zur Zeit durch schwere See. Angriffe von Magazinen, Zeitschriften und Tageszeitungen fast in jeder Woche. Das Thema war immer das gleiche. Es ging um die angebliche Verwicklung des Senders in die Geschäfte einer großen Film- und Fernsehgesellschaft. Namen wurden genannt, Bestechungsgelder angegeben, Korruptionsreisen behauptet, Vermutungen geäußert. Darstellungen und Gegendarstellungen wechselten sich in immer rascherer Folge ab. Hektik und Hysterie bestimmten das derzeitige Betriebsklima des Senders. Inquisitionsstimmung machte sich breit. Die Justitiare der Anstalt hatten auf Weisung des Chefs des Hauses mit einer regelrechten Hexenverfolgung begonnen.

Das war die Atmosphäre in die der Bericht des Redakteurs Fritz Meier fiel. Und nur hieraus lassen sich auch die erstaunlichen Reaktionen derer erklären, die der Bericht, letzten Endes absichtslos, erreichte.

Fritz Meier las an seinem Schreibtisch, offensichtlich mit Genuss, schmunzelnd und grinsend, was er zu Papier gebracht hatte. Der Inhalt des Geschriebenen schien jedoch in krassem Widerspruch zu seinem Amüsement zu stehen. Fritz Meier las:

„ – und nun kommen wir zu einem anderen Redakteur, der ebenfalls viel mit jener Fernsehfirma zusammengearbeitet hat. Sein Name ist Fritz Meier. Und sein Großonkel sitzt im Verwaltungsrat des Senders. Fritz Meier scheint ein reicher Mann zu sein. Woher? Diese Frage muss in diesem Zusammenhang erlaubt sein. Er besitzt zwei Wagen, davon einen Mercedes 280. Dass dieser Wagen zwei Wochen vor Anlaufen der amerikanischen Serie ‚Fantastic', gekauft von der Orson-Film, bei Meier eintraf – Zufall? Die 52-Stunden Serie ‚Count down', ebenfalls von dieser Firma gekauft, scheint in einem seltsamen zeitlichen Zusammenhang mit der Anlieferung einiger kostbarer antiker Möbel an Meier zu stehen. Zufall? Meier hat sich einen komfortablen Bungalow gebaut. Nun – das haben auch andere. Aber wer kann schon zusätzlich noch ein geräumiges Bauernhaus an der Nordsee aufweisen? Es wurde erworben, als die Verhandlungen mit der Orson-Film über ein umfangreiches Filmpaket gerade erfolgreich abgeschlossen waren. Zufall? Und wer zeichnete nicht zuletzt dafür mit verantwortlich? Wieder der Redakteur des Senders, Fritz Meier. Zufall? Ein vierwöchiger Ferienaufenthalt in Tunis im teuersten Hotel – kurz nach der Unterzeichnung eines Produktionsvertrages über eine 26-teilige Stundenserie mit der Orson-Film, stimmt ebenfalls nachdenklich. Hinzu kommt, dass der Chef jener Firma sich zur gleichen Zeit im gleichen Hotel aufhielt. Zufall?

Zufälle mag es geben. Zufälle wird es immer geben – aber so viele und dazu eine solche Menge von Zeit- und Ablaufzufällen? Wir dürfen daran mit Recht zweifeln. Aber noch andere Namen, Namen von Herren in höheren Positionen, tauchen plötzlich auf –

Meiers Abteilungsleiter grinste nicht, als ihm dieser Bericht, jetzt von Meier zur besseren Tarnung und Glaubwürdigkeit abgelichtet, vorgelegt wurde. Er schien im Gegenteil etwas blass zu werden, obgleich er sich gelassen gab. Besonders den letzten Satz des Berichtes las er mehrmals sehr gründlich. Das war von Meier auch beabsichtigt – eigentlich hatte er alles hauptsächlich wegen dieses letzten Satzes geschrieben. Meiers Abteilungsleiter legte den Bericht zur Seite. Er schwieg lange. Meier wusste natürlich, dass sein Abteilungsleiter schon von Amts wegen der Orson-Film viel näher gerückt war als er selbst. Meier wollte gerade seinem Abteilungsleiter die frohe Kunde wissen lassen, dass alles nur von ihm erfunden und kein Wort davon wahr sei, auch selbstverständlich alles was ihn betraf vom Bauernhaus über Möbel und Mercedes. Er wollte gerade sein ‚April, April!' rufen, als ihm sein Abteilungsleiter mit ernstem Gesicht bat, mit ihm in seinem Mercedes-Sportwagen eine kleine Fahrt zu machen. Er habe mit ihm zu reden. Meier tat wie ihm geheißen wurde. Es stellte sich heraus, dass sein Abteilungsleiter durch diesen Bericht in ‚Besorgnis' geraten war. Meiers Beteuerung nun, dass er alles selbst geschrieben, dass alles nur ein Spaß sein sollte, um die hysterische Stimmung etwas aufzulockern, glaubte ihm sein Abteilungsleiter nicht. Er nahm vielmehr an, dass Meier eine Quelle angezapft habe, sie aber nicht preisgeben wolle. Aber es war im Augenblick geradezu lebenswichtig schon vorher zu wissen, was auf einen zukommen könnte, um Anschuldigungen schon vorzeitig abwehren zu können – vielleicht sogar zu verhindern. Sein Abteilungsleiter glaubte auch aus dem Vorgang ablesen zu können, dass Meier nun wohl aus dem Schneider sei – sonst hätte er ihm den Bericht wohl nicht gezeigt. Und hieraus ergab sich, dass Meier mit an Sicherheit grenzender Wahrscheinlichkeit gute Strippen zu gewissen Magazinen und Zeitschriften hatte – unterhielt oder – Damit war er wichtig geworden – sehr wichtig.

Meier gab es schließlich auf, den wahren Tatbestand darzustellen. Ihm glaubte niemand mehr. Auch sein Hauptabteilungsleiter, ja, sogar der Programmdirektor, vermuteten hinter dem, was als loser Streich gedacht war, mehr und mehr gewichtiges. Sein Schweigen vor seinen hohen und höheren Sendeherren, das schließlich nichts anderes als Hilflosigkeit gegenüber dem war, was sein ‚Bericht' ausgelöst hatte, wurde ihm als zurückgehaltenes Wissen gedeutet. Meier war auf einmal interessant geworden.

Wen wundert es, dass er nach und nach Gefallen an diesem Spiel fand, dessen Ablauf er sich auf diese Weise nicht gedacht hatte. Und so begann er mitzuspielen. Es bedurfte dazu nicht vieler Mittel. Ein bedeutungsvoller Blick, ein ‚Ich kann wirklich dazu nichts sagen, oder ein ‚Ich glaube nicht, dass die nächsten Artikel uns wieder unmittelbar betreffen', was eigentlich nun wirklich harmlose Anmerkungen waren, genügte seiner betroffen zu ihm ihn, ja, aufblickenden Kollegenrunde. So wurde er zur Schlüsselfigur im Korruptionsnebelsendegerede. Und er ließ es dabei bewenden. Sein Glück mochte es auch sein, dass nach und nach die Artikel nebulöser wurden, schließlich aufhörten und damit das hektische Gerede einschlief. Ob er, Meier, wirklich damit etwas zu tun hatte, das wusste allerdings noch keiner genau, aber es reichte schon aus, dass man es annehmen konnte.

Wen wundert es, dass Meier, der plötzlich unversehens so im Mittelpunkt des Interesses stand, schnell und sicher aufstieg. Schon knapp drei Wochen nach seinem ‚Bericht' wurde er zum Abteilungsleiter befördert. Heute leitet Meier eine Hauptabteilung. Und nicht einmal schlecht, wenn man bedenkt, dass er sie nie erstrebt hatte.

Übrigens, das muss am Schluss noch gesagt werden, hat sowohl der Redakteur Meier, wie auch der Abteilungsleiter Meier und später Hauptabteilungsleiter Meier, nicht einen Augenblick daran gezweifelt, dass seine hochgeschätzten Kollegen nur einer Presseattacke, und einer recht üblen dazu, zum Opfer gefallen waren. Er hatte nie daran geglaubt, dass seine Kollegen Versuchungen erlegen seien, die ihnen mit Sicherheit begegnet waren. Und daraus lässt sich erklären, dass Meier damals seinen ‚Bericht' so sorglos und reinen Herzens schreiben und seinen Dienstherren vorlegen konnte.

Der Sündenbock

Mein Name tut nichts zur Sache. Er ist ohnehin falsch. An meinen richtigen Namen kann ich mich kaum noch erinnern – zu oft habe ich inzwischen meinen Namen ändern müssen. Zwölf bis fünfzehn Mal schätze ich – über den Daumen gepeilt. Mein Alter dürfte stimmen. 52 Jahre. Ein gutes Alter für meinen, wie ich zugeben muss, ein wenig ausgefallenen Job. An mein ursprüngliches Gesicht erinnere ich mich noch recht gut. Aber auch diese Erinnerungen beginnen sich allmählich zu verwischen. Fünfmal habe ich mein Gesicht gewechselt. Dreimal davon bei dem gleichen Gesichtschirurgen, der einen sehr guten Ruf in einschlägigen Kreisen genießt.

Mein Anzug ist maßgeschneidert. Alles ist maßgeschneidert bei mir – auch die Hemden und die Krokodillederschuhe. Wenn ich es billig haben will, dann leiste ich mir dafür einen Trip nach Hongkong – natürlich auch des persönlichen Vergnügens wegen. Hin und wieder braucht auch ein derart an- und eingespannter Mann wie ich etwas menschliche, private Wärme für kärgliche Mußestunden.

Mein Gesicht, mein Name, mein Alter und die maßgeschneiderte Verpackung meiner Person haben nur einen einzigen Zweck – sie sollen um Vertrauen werben.

Diesmal ist es daneben gegangen. Zum ersten Male übrigens, wenn ich von den für das Geschäft eingeplanten Pannen einmal absehe. Nein. Diesmal haben sie mich erwischt. Diesmal war ich wirklich dran. Das wäre an sich noch nicht so schlimm, aber es bedeutet, dass ich meinen Job nunmehr endgültig aufgeben muss. Glücklicherweise habe ich vorher nur Erfolge gehabt. Das kam meinem Bankkonto zugute und es wird mir, nach Verbüßen meiner Haftstrafe, ein bequemes, ein luxuriöses Leben gestatten.

Ein Jahr. 365 Tage. 365 Nächte. Aber – das geht vorüber. Viel schneller als einer glaubt, der da draußen ist. Ich habe es gelernt, bei meinen verschiedenen, glücklicherweise jeweils nur kurzen Aufenthalten hinter der vergitterten Freiheit. Man muss nur wissen, was man mit der stehen gebliebenen Zeit anfangen kann. Ich zumindest kann träumen von meiner nun anbrechenden ‚Pensionszeit' – so habe ich schon früher immer meine Ruhezeit nach den Jobs genannt.

Der Richter nannte mich den ehrlosesten Menschen, der ihm je begegnet sei. Damit hat er Recht. Möglicherweise bin ich sogar der ehrloseste Mensch auf Erden. Nur – es stört mich nicht. Es ist einkalkuliert. Ich habe damit gelebt. Ich habe bewusst auf die Ehre verzichtet, zugunsten von inzwischen umgerechnet 10,5 Millionen deutscher Mark. Das ist der Lohn für meine verlorene Ehre. Je höher mein Bankkonto kletterte, desto tiefer sanken die Aktien meiner Ehre. Ich habe, außer dem Geld auf dem Konto, dafür auch noch eine Insel geschenkt bekommen. Es ist zwar eine kleine Insel nur, aber sie gehört mir allein und sie ist ein wahres Paradies. Nur für mich – für mich und Isabelle, meine kaffeebraune Geliebte. Sie wartet jetzt dort in meinem weißen Herrenhaus auf mich. Sie wartet auf meiner kleinen karibischen Insel darauf, dass mir der Haftentlassungsschein überreicht wird. Es lohnt sich, davon zu träumen – es lohnt sich, zu träumen von der Zeit nachher. Und Isabelle? Ich glaube, sie weiß nicht einmal, was Ehre bedeutet in unserer komplizierten Welt. Für sie ist alles einfach, selbstverständlich. Sie ist beglückend frei, animalisch grazil. Es lohnt sich, davon zu träumen – von der Zeit nachher.

Doch nun zu meinem Job. Ich bin von Beruf ‚Fehlermann'. Ich bin ein Sündenbock. Ich bin ein Berufssündenbock. Ein Blitzableiter. Ich nehme die Verfehlungen anderer auf mich und trage für sie die Folgen. Natürlich nur, wenn es sich wirklich für mich lohnt. Das heißt, der Auftraggeber muss reich sein, sehr reich – und der Fall muss entsprechend lebens- oder noch besser – karrieregefährdend sein. Da es sich in den meisten Fällen um Korruptionsskandale größeren Ausmaßes handelt, macht es dem Betroffenen nichts oder kaum etwas aus, wenn er von der Bestechungssumme einen fetten Anteil auf mein Schweizer Nummernkonto abzweigt.

Ich bin zu diesem ausgefallenen Job – ich glaube, ich bin der einzige Vertreter dieses Faches zur Zeit – ich bin zu diesem ausgefallenen Job auf dem Umweg über die Werbung gekommen. Ich war Schauspieler. Weitgehend erfolglos. Ab und zu war ich in Werbespots zu sehen, hin und wieder in einem Fernsehspiel oder auf der Bühne – kaum je erwähnt. Niemals gab es Stadtpressebewegendes. Mein Name war unbekannt und er blieb es auch. Das war für meine spätere Tätigkeit sehr hilfreich.

Ein Vorschlag von mir zur Negativwerbung war von zwei Werbefirmen akzeptiert worden. Ich hatte darin vorzugeben, ein bekannter Schauspieler zu sein. Ich imitierte ihn, machte jedoch alles falsch. Ich verriss die Produkte, für die ich werben sollte, stotterte, verhaspelte mich – eine Karikatur auf den Berühmten. Das wäre beinahe ein Erfolg geworden, aber die zwei Firmen zogen nicht weiter mit. Sie konnten es wohl nicht ertragen, ihre Produkte negativ beurteilt zu hören und zu sehen. Das Wagnis war zu kühn. Und so stand ich wieder einmal vor den Toren der Studios und schnupperte nach Brot. Da geschah es – ich traf auf meinen ersten Fall.

Es war ein Oberstadtdirektor einer deutschen Großstadt. Ich schäme mich fast in diesem Zusammenhang
das Wort ‚deutsch' zu erwähnen, denn eigentlich darf
oder dürfte so etwas in diesen Landen nicht vorkommen.
Ich darf hier übrigens rasch einschieben, dass ich mich zu
keiner Nationalität mehr bekenne. Dreck riecht in allen
Ländern, in allen Zonen der Erde genauso. Das kann ich
aus jahrelanger Erfahrung nun mit Gewissheit aussagen.
Doch zurück zu dem Oberstadtdirektor einer deutschen
Großstadt. Bestechung, so schrieben die Zeitungen, so
tönten die Magazine und Illustrierten. Großbauten, Bau-
firmen, Grundstückseigentümer und Straßenbau. Viel
Geld soll geflossen sein. Zahlen wurden genannt, auch
die Hälfte davon wäre noch genug gewesen. Von wem
das Geld kommt ist unwichtig, wichtig ist nur für wen
und wie viel. Ich erfuhr die Zahl. Es geschah mehr aus
Zufall, nebenbei. Die Tochter jenes Oberstadtdirektors
hatte sich in mich verliebt. Ein später Hang zur Bühne.
Sie war weiß im Gesicht vor Verzweiflung den Namen
der Familie angedunkelt zu sehen und sie erzählte mir
alles. Es war jedenfalls genug, um mir einen Überblick
über den Fall zu geben – Rest fantasieergänzt. Das
Mädchen, Dorothee hieß sie, hatte mit ihrer Familien-
hysterie meine Gefühle für sie verspielt, aber ich vergab
ihr, denn sie brachte mich ungewollt auf einen, wie sich
zeigen sollte, sehr erfolgreichen Gedanken.

Ich spannte Dorothee für meine Pläne ein, ohne sie in
das einzuweihen, was ich bedenklich und noch unsicher
plante. Der Oberstadtdirektor hörte mir zu. Schweigend
im Zigarrendunst. Der Portwein war ausgezeichnet. Ich
schlug ihm vor, mich an seiner Stelle zu präsentieren. Ich
bot mich als Opfer an. Er brauchte nur der staunenden,
ihm nun feindlichen Umwelt klar zu machen, dass nicht
er, sondern ich bestochen worden sei. Er solle mich als

ein von ihm und den Firmen akzeptierter Mittelsmann ausgeben, der schändlich seinen Namen missbraucht habe. Die Firmen hätten sofort verstanden, dass der geradeste Weg zu ihm, zum Oberstadtdirektor, der Umweg über einen anderen sei, der Umweg über mich. Sein Vertrauen missbraucht, die Firmen angezapft, die sonst niemals an Bestechung gedacht hätten und so weiter. Am Ende würde nur ein einziges Schwein übrig bleiben – nämlich ich. Das ganze war so primitiv, dass es sofort geglaubt wurde. Der Plan gelang hundertprozentig. Ich wurde angeklagt. Ich wurde verurteilt. Die Bestechungsgelder, die bei dem Verfahren weit unter der eigentlichen Summe gehandelt wurden, fanden sich nicht mehr bei mir an. Wie auch? Die Haftstrafe war verhältnismäßig gering. Und ich hatte meine erste Million verdient. Und Presse und Publikum, die Parteien und die Interessenklüngel hatten ihren Prügelknaben. Damit war jeder zufrieden. Ich fand, dass der Oberstadtdirektor ausgezeichnet aus dem Skandal gekommen war. Außerdem behielt er von den Bestechungsgeldern immerhin noch einundeinhalb Millionen deutscher Mark. Dafür kann man den Vorwurf, zu vertrauensselig gewesen zu sein, schon hinnehmen. Er ließ sich, honorig wie er nun einmal war, vorzeitig mit Nebenjob pensionieren. Und, wie ich in der Zelle von einem Nebengauner gestern erfuhr, soll er inzwischen in seinem Stadtbezirk als Kandidat für den Bundestag aufgestellt worden sein. Mich würde es nicht wundern, wenn dieser tüchtige, angesehene und wohlhabende Mann gewinnen würde. Und, wer weiß es, vielleicht wird er noch einmal Finanzminister.

Mein nächster Fall hatte schon internationales Ausmaß. Ein anderes Land – weit weg, Übersee. Ich kam zur Abwicklung dieses weit angelegten Geschäftes über eine Empfehlung. Mein erstes erfolgreiches Unternehmen hatte sich unter der Hand herumgesprochen. Ich wusste damals noch nicht, wie viele erfolgversprechende Kunden es gab, sonst wäre ich weniger erstaunt gewesen über die prompte genaue Bestellung.

Auch beim zweiten Male lief alles glatt. Besser sogar. Es wurde dafür gesorgt, dass ich untertauchen durfte, bevor ein Richtspruch gefällt werden konnte. Meine Aussage lag den vereidigten Feststellern vor. Meine Aussage vor einem Untersuchungsausschuß genügte. Die Betroffenen zahlten an mich aus und konnten den enormen Rest in aller Ruhe auf ihr eigenes Konto verbuchen. Doch ein Problem ergab sich nun, ich wurde gesucht. Mein Gesicht und mein Name waren bekannt geworden. Steckbriefe klebten an allen Straßenecken. Das mit dem Namen war kein Problem. Pässe und Namen lassen sich fälschen beziehungsweise ändern. Aber mein Gesicht blieb mir. Der Bart veränderte mich zwar, die dunkle Sonnenbrille ließ mich aber nur noch verdächtiger erscheinen. Auch die abrasierten Kopfhaare würden einen guten Beobachter kaum lange täuschen können. Kurz und gut, meine Auftraggeber zahlten mir ein neues Gesicht. Mein neues Gesicht war teuer, aber so viel war meinen Auftraggebern ihre Sicherheit wert. Ich hatte mich kaum an mein neues Gesicht gewöhnt, da musste ich es schon wieder wechseln. Das geschah nach meinem dritten, nein nach meinem vierten Fall. Das war eine richtige ausgewachsene Staatsaffäre. Verteidigungsministerium. Flugzeugankäufe aus den USA. Internationales Waffengeschäft. Meine bisher größte Korruptionsaffäre. Regierungen, Minister, Staatssekretäre verschiedener Länder waren darin verwickelt. Hier floss wirklich für mich etwas ab. Und seltsamerweise, obgleich der Fall am brisantesten von allen meinen bisherigen Fällen war, für mich war er der ungefährlichste. Die völlige Aufdeckung, die endgültige und genaue Aufdeckung wäre für alle Beteiligten eine Katastrophe geworden. Aber keiner wollte wirklich ein Erdbeben. Auch nicht die jeweiligen Oppositionsparteien. Konnten sie doch morgen vielleicht schon selbst an der Reihe sein. So wurde ich abgedeckt. So erhielt ich inoffiziellen höchsten Schutz. Mich, einen Menschen, einen Namen als Sündenbock festgenagelt zu sehen, genügte allen. Die Erleichterung, auf einen mit dem Finger zeigen zu können, war ungeheuer. Die Untersuchungskommission war von Anfang an nicht gewillt, zu sehr in Details zu gehen – das war sehr schnell für mich erkennbar. Aber es hätte schließlich doch geschehen müssen – wenigstens annähernd. Und nicht zuletzt deshalb waren alle sehr froh darüber, dass der Sündenbock plötzlich spurlos verschwunden war. Geflüchtet. Wieder einmal untergetaucht. Vielleicht, wie viele hofften, selbstgemordet.

Aber ich lebte und das nicht schlecht, nach dem fetten Honorar. Natürlich wurde nach mir gefahndet – aber nur lässlich. Aber dennoch – ich blieb ein Sicherheitsrisiko. Konnte es doch eines unglücklichen Tages einem präzisen Trottel zufällig gelingen, mich aufzuspüren, auf eine Verdienstmedaille hoffend. Also – wieder ein neues Gesicht. Ich kann nur sagen – es tut gar nicht so weh – hinterher. Vor allem, wenn das Schmerzensgeld auch noch von höchster Hand mit einigen Zusatz-Tausendern verzuckert wird.

Eines war mir spätestens nach dem zweiten erfolgreichen Unternehmen klar – man kann diesen Job nur eine zeitlang und nur einige Male ausführen, dann muss alles gelaufen sein. Sonst wird das Risiko für den Kunden und Ausführer zu groß. Linien könnten sich plötzlich kreuzen, Überlegungen könnten angestellt werden. Und wenn ein halbwegs kluges Köpfchen dann noch eins und zwei zusammenzählen kann – Nein – man kann diesen Job nur eine zeitlang und nur einige Male ausführen, dann muss alles gelaufen sein. Dann muss das Konto ausreichend gefüllt sein für ein unauffälliges gutes Privatleben. Und außerdem – man soll sein Glück nicht allzu oft versuchen. Das hat mein letzter Fall gezeigt, der mich in diese Lage gebracht hat. Es war schon knapp ein Fall zu viel.

Ich habe zwar schon einige Verurteilungen und einige Haftanstalten hinter mir, aber das war kalkuliert und geplant, es war honorarpflichtig. Diesmal war alles anders. Diesmal ging es um die Masche, diesmal war das Geschäft selbst angeklagt und ich als der, der das Geschäft führte. Das hätte nie geschehen dürfen. Es war das endgültige und unwiderrufliche Scheitern meines Jobs. Glücklicher- und klugerweise kam niemand auf die Idee, in der Vergangenheit zu graben, zumal sich ja auch nicht ohne weiteres eine direkte Beziehung zu mir hierbei herstellen ließ.

Der Richter nannte mich den ehrlosesten Menschen, der ihm je begegnet sei. Und er begründete es damit, dass ich nicht ein Opfer meiner Schwäche, wie die wirklich Korrumpierten, geworden sei, dass ich nicht der Versuchung, nicht einer Notlage erlegen sei, dass ich vielmehr wohl überlegt, kühlen Kopfes, aus reiner Gewinnsucht, aus freiem Entschluss mit Kopfsprung in die Jauchengrube getaucht sei. Und auch damit muss ich ihm Recht geben.

Der Staatsanwalt nannte es ‚Begünstigung'. Er nannte es ‚Vortäuschen einer Straftat'. Den Paragraphen, der mich festnagelte, werde ich wohl nie mehr vergessen können. Zwar kannte ich ihn schon vor diesem Gerichtsereignis, aber er betraf mich nur aus der Ferne. Jetzt klagte er mich an und das auch noch öffentlich. Wenn der

Herr Richter, der Herr Staatsanwalt, die Presse- und Fernsehleute geahnt hätten, dass hier im Gerichtssaal noch nicht einmal die Spitze des Eisberges sichtbar wurde - - Ich kann nicht bestreiten, dass mich dieser Gedanke, der mir während der Gerichtsverhandlung kam, schmunzeln ließ, was mir einen strengen Verweis des Herrn Richters eintrug, der glaubte, dass ich die Verhandlung nicht ernst genug nähme. Das aber tat ich schon – nur eben dieser Gedanke – wie ich schon sagte - - Dieser Paragraph war jetzt gegen mich gerichtet – eine treffende Waffe des Staatsanwaltes und des Richters. Paragraph 145 d – Strafgesetzbuch.

§145 d   Wer wider besseres Wissen
1. einer Behörde oder einer zur Entgegennahme von Anzeigen zuständigen Stelle vortäuscht, dass eine rechtswidrige Handlung begangen worden sei, oder

2. eine der in Nummer 1 bezeichneten Stellen über die Person eines an einer rechtswidrigen Tat Beteiligten zu täuschen sucht,

wird mit einer Freiheitsstrafe bis zu einem Jahr oder mit Geldstrafe bestraft, wenn die Tat ---
und so weiter

Hinzu kam erschwerend etwas, was bei meinem Metier leider oft unumgänglich, es kam erschwerend dazu: ‚falsche uneidliche Aussage'. Vor Meineid hatte ich mich diesmal vorsichtigerweise gehütet. Das wäre zu teuer geworden – für mich. „ – wird mit einer Freiheitsstrafe bis zu einem Jahr –„ – Das Jahr hatte ich bekommen, ohne einen Tag Abzug. Auf eine Geldstrafe hätte ich mich ohnehin nicht einlassen dürfen. Nicht nur, dass sie sehr hoch gewesen wäre, ich durfte vor allem die Ankläger und Verurteiler keinen Augenblick auf den Gedanken kommen lassen, dass sie hier einen erfolgreichen Millionär verurteilten.

Ich werde mein Jahr absitzen müssen. Mein Auftraggeber konnte mir nicht mehr helfen, selbst wenn er es gewollt hätte. Ich werde mein Jahr absitzen müssen. Einen Vorteil hat auch das. Ich werde ein Jahr lang kein Geld verbrauchen können, aber meine Konten werden Zinsen tragen. Wenn ich nur einmal annehme 9 Millionen – oder gut, acht Millionen – 8 % - ein Jahr lang – das macht 640.000,-- deutsche Mark – das hieße in etwa 53.000 Mark im Monat – Wer kann schon so viel mit ehrlicher Arbeit verdienen. Gut. Ich werde das Jahr absitzen müssen.

Außerdem – mein Auftraggeber hat sich abgesetzt. Und ich habe nur die Hälfte meines Honorars von ihm bezogen. Es war das erste Mal, dass ich Pech hatte. Zweimal darf man in diesem Geschäft kein Pech haben. Einmal ist eigentlich schon einmal zuviel. Aber wenn ich mich ganz klein mache und meinen Knast ohne Aufsehen runterreiße, dann habe ich noch einmal die Chance untertauchen zu können – und diesmal endgültig. Dann habe ich vielleicht das Glück, meine Insel und Isabelle einigermaßen unbeschadet wieder erreichen zu können. Allerdings – es gibt da ein Problem nach der Haft – Ich bin durch dieses Urteil gezeichnet. Und wenn nun doch einer der Rechtsrächer eins und zwei zusammenzählen kann und noch über etwas stolpert, dann könnte er –

Und so werde ich mir doch wieder ein neues Gesicht aufsetzen müssen. Wie ich das allerdings mit Isabelle und meiner Insel dann hinkriegen kann -

Nun – ich habe ja ein ganzes Jahr Zeit, darüber nachzudenken.

Katzenaugen

Katzen, Katzen.
Ich liebe Katzen. Ich habe eine Antenne für Katzen. Eine besonders genau eingestimmte Antenne für diese Felltiere. Die Küche in einem kleinen Bauernhaus. Eine schwarz-weiß gefleckte Katze. Sie lief mir nach, blieb vor mir sitzen und blickte mich an. Keine Schmeicheleien. Kein Kopfreiben an meinen Füßen. Sie hatte etwas Besonderes an sich, etwas Forderndes. Hartnäckiges, Gläsernes. Es war ein früher Nachmittag nach einem späten Mittagessen. Quark mit neuen Kartoffeln und Butter.

Die Katze sprang auf den Tisch und setzte sich mir gegenüber. Meinem Gesicht gegenüber. Dreißig, höchstens vierzig Zentimeter Abstand. Sie hatte es auf mich abgesehen, das war eindeutig.

Die Katze sah mich an. Unbeweglich. Ihre Augen – gelb oder grün. Auge in Auge – wir beide. Pupille in Pupille. Eine unterbrochene Blicklinie, die sich immer mehr festigte, starrer wurde. Hypnose. Die Katzenaugen – schwarze, spitze Dreiecke in dem grünen oder gelben Augenkreis. Sich jäh verengend, dann sich wieder weitend. Der Tierkörper unbeweglich. Nur die Augen. Immer mehr fing es mich ein. Immer weniger Raum blieb neben der Augenblicklinie. Immer enger, immer näher, immer verstrickender. Das war keine Katze mehr. Das war ein Zauberer, ein Dämon im Katzenfell. Ein verwandelter, gefährlicher Gott. Ich spürte es genau, ohne mich dagegen wehren zu können, zu wollen, dass es mich immer tiefer, immer unentrinnbarer hineinzog in den Zauber. Fünf Minuten starrten wir uns schon an. Zehn. Fünfzehn. Da ergriff mich die Angst. Noch eine, noch zwei Minuten, und es gab kein Zurück mehr. Ich merkte, dass es begann, mich zu verändern. Ich spürte es, schaudernd, hingegeben der furchtbaren, unaufhörlichen, langsamen Naturgewalt – ich wusste, ich hörte auf, ein Mensch zu sein. Kaum merklich. Wo würde ich mich wieder finden? Zurückzufinden – das würde nicht mehr möglich sein. Wenn ich noch länger – nur einen Augenblick noch – Ich riss mich los. Gewaltsam. Brutal zerstörend die panische Metamorphose. Die Magie.

Da saß ich wieder auf meinem Stuhl. Schaudernd. Mit pickliger Gänsehaut und kaltem Rücken. Aber in das Entsetzen, das mich noch festhielt, mischte sich eine mir unerklärliche tiefe Traurigkeit. Ich war nicht untergetaucht in das Reich des Pan. Ich hatte mich selbst zurückgerissen.

Die Katze sah mich noch immer an. Noch immer dreissig oder vierzig Zentimeter vor mir, aber jetzt weit fort – entfernt. Unerreichbar. Sie hatte mich hinein nehmen wollen, sollen, müssen – wer weiß das schon – in das Kreatürliche. Aber mein Hirn, das Bewusstsein meines Seins – meines – Ich hatte den Sprung nicht gewagt. Ich hatte das Paradies verscherzt.

Schon der Ansatz zum Sprung war zuviel. Schon die erste Bewegung im Sog, hin zum Panischen hatte mich derart entsetzt, erschüttert, dass es mir unmöglich war, an dem folgenden Nachmittag mit mir wieder in Einklang zu kommen. Ich hatte etwas Unwiederbringliches verloren, ohne wirklich zu wissen was es war. Ich hatte es berührt, gerade noch berührt mit den Fingerspitzen. Ein Halbtraum mit einem von mir selbst losgelösten Wachbewusstsein. Alpähnlich. Sonderbar. Wundervoll seltsam. Seit jener Zeit zieht es mich noch stärker zu Katzen hin. Sie erscheinen mir wie die Hüterinnen eines verloren gegangenen Paradieses. Aber – ich fürchte sie auch – nach diesem Erlebnis.

Das aufregendste Abenteuer Mr. Parkers

Zwölf Doller sind nicht viel für ein Zimmer im besten Hotel einer Stadt. Auch wenn die Stadt nur knapp Einhunderttausend Einwohnen zählt und ein so langweiliges Nest wie Salesbury ist, dass außer einigen bedeutungslosen Museen nur die Boddy-Textilwerke, deren langgestreckte, weißgetünchte Hallen am Rande der Stadt liegen, zu bieten hat. Wenn ein Reisender aber nur über eine Barschaft von insgesamt 13 Dollar und 20 Cent verfügt, kein Bankkonto besitzt und in absehbarer Zeit kaum eine Aussicht hat, zu neuem Gelde zu kommen, dann sind 12 Dollar ein Vermögen. Mr. Parker hat trotzdem gemietet. Nach einem Telefongespräch mit den Boddy-Werken ist ihm noch genau ein Dollar geblieben.

Während sich Parker die acht Stockwerke zum Dachgarten des Hotels fahren lässt, faltet er seine letzte Dollarnote mechanisch zu immer kleineren Rechtecken. Er starrt dabei auf die Glaswand des Liftes, ohne die vorbeigleitenden, hellerleuchteten Etagen wahrzunehmen. „Achte Etage, Sir." Der rotlivrierte Liftboy öffnet die Tür und zieht die Mütze. Parker wirft ihm im Vorbeigehen die Dollarnote zu und betritt den Dachgarten.

Es ist schon beinahe Nacht. Einige Lampen auf dem Dachgarten brennen. Aber sie verbreiten nur eine trübe, müde Helligkeit, wie in den Wartesälen der Bahnhöfe. Kein Mensch ist zu sehen. Wer sollte auch auf die absurde Idee kommen, sich während dieser Jahreszeit noch auf den Dachgarten zu setzen. Es ist Ende Oktober und die Abende sind schon empfindlich kühl. Auch Mister Parker wäre nicht hier, wenn er sich ein Bier, einen Whisky oder, was noch besser wäre, etwas zu Essen im Speiserestaurant im Erdgeschoß leisten könnte.

Parker setzt sich in einen der überall sinnlos und verloren noch herumstehenden gelben Korbsessel und zündet sich eine Zigarette an. „Noch eine gute halbe Stunde bis 20.00 Uhr", murmelt er und schlägt den Kragen seines Jacketts hoch. „Gewiss, der Generaldirektor der Boddy-Werke hat zugesagt. Er wird kommen. Das ist ziemlich sicher. Die Besprechung muss ihm wichtig erscheinen, aber was wird er sagen, wenn er merkt, dass ich ihn belogen habe?" Der kalte Schweiß tritt Parker bei diesem Gedanken auf die Stirn. „Aber was wäre mir denn sonst übrig geblieben? Mit dem unbekannten, kleinen Mister Parker hätte sich kein Generaldirektor der Welt unterhalten", verteidigt sich Parker vor sich selbst.

Parker hatte seine Erfahrungen. Monatelang hatte er Brief auf Brief an die Direktoren aller ihm bekannten Textilwerker geschrieben. Durch die Bundesstaaten war er gereist – von Fabrik zu Fabrik. Über die Vorzimmer war er nie hinausgekommen. Dabei war seine Erfindung gut. Er verstand sich auf Maschinen der Textilbranche. Sechs Jahre lang war er bei einem Konkurrenzunternehmen der Boddy-Werke als Maschineningenieur tätig gewesen, bis er mit vielen anderen, bei einer vorübergehenden Absatzstockung entlassen wurde. Als er damals plötzlich viel Zeit hatte, war ihm der Einfall zu seiner Erfindung gekommen. Drei Jahre hatte er daran ununterbrochen gearbeitet. Sein kleines Vermögen war dabei draufgegangen. Und als er es dann endlich geschafft hatte, als er seine Erfindung vorführen wollte, fanden sich die großen Herren noch nicht einmal dazu bereit, seine Entwürfe auch nur anzusehen. Gewiss, seine Erfindung war keine große, umwälzende Sache, aber es lag klar auf der Hand, dass durch sie die Produktion wesentlich erhöht und verbilligt werden konnte. Eines wusste er genau, wenn er erst einmal einen der hohen Herren dazu gebracht hatte, ihm zuzuhören, dann hatte er gewonnenes Spiel. Und deshalb, weil er keinen anderen Weg mehr sehen konnte, hatte er den Generaldirektor der Boddy-Werke belogen. Deshalb hatte er ihm am Telefon gesagt, dass er sich als bevollmächtigter Vertreter des Konkurrenzunternehmens mit ihm hier im Hotel treffen wolle – und deshalb hatte er sich im besten Hotel eingemietet.

Aber was nun auch geschehen mag – es lässt sich nicht mehr aufhalten. Deshalb ist es jetzt wichtiger, daran zu denken, wie er dem Generaldirektor einen möglichst raschen und präzisen Überblick über seine Erfindung geben kann. Während er im Geiste Zahlen und Tabellen an sich vorüber gleiten lässt, erfasst ihn ein unbehagliches Gefühl. Es kommt ihm vor, als ob jemand hinter ihm stünde und ihn beobachtet. „Alberne Nervengeschichte", denkt Mister Parker und widersteht dem Zwang, sich umzudrehen. Wer sollte auch um diese Stunde hier oben sein. Die Gäste sitzen jetzt in der warmen, hellen Hotelhalle oder nehmen ihr Abendbrot. „Sie sind abgehärtet", hört er plötzlich eine Stimme hinter seinem Rücken und sein Schreck steht in einem sonderbaren Gegensatz zu der Harmlosigkeit des Geschehens. „Ich würde mir einen Schnupfen holen", spricht der Fremde weiter, stößt einen der Korbsessel mit dem Knie in die Nähe Mr. Parkers und lässt sich in den Sessel fallen. Parker starrt den Unbekannten an – zunächst unfähig, ein Wort erwidern zu können. Gleichzeitig ärgert er sich über seine Unfreundlichkeit. „Er sieht aus wie ein Gewichtheber", denkt Parker und blickt ihn immer noch unverwandt an. „Er trägt einen gut geschnittenen Anzug. Wahrscheinlich ist er einer der Gäste". Parker stellt sich vor, aber der Fremde nimmt kaum Notiz davon.

Schon nach kurzer Zeit sind sie jedoch mitten in einem netten Gespräch, wie es so oft geht, wenn sich Fremde begegnen – sie sprechen offener und ungehemmter miteinander als Bekannte es tun können, da sie auf irgendwelche gegenseitigen Interessen keinerlei Rücksichten zu nehmen brauchen. Es stellt sich bald heraus, dass sein Gegenüber allerhand von Technik und Motoren versteht und überhaupt ein ‚smarter Boy' ist, wie Parker zugeben muss. Nur seine Augen gefallen ihm nicht. Manchmal blicken sie ihn unbeweglich, wie die Augen eines Toten an, dann flammt es plötzlich in ihnen auf, um gleich darauf wieder zu erlöschen. Doch im Gange des Gesprächs vergisst Mr. Parker diese Augen, zumal er die Angewohnheit hat, beim Reden in die Ferne zu blicken.

Es hätte nicht viel gefehlt, und Parker hätte seine Unterredung mit dem Generaldirektor verpasst, so angeregt haben sich beide unterhalten. Er verabschiedet sich also etwas hastig und eilt zu der eisernen Tür, die vom Dachgarten in den oberen Flur führt. Der athletische junge Mann hält wortlos mit ihm Schritt. Mr. Parker findet das zwar sehr sonderbar, aber sieht keinen Grund, eine Einwendung zu machen. Er geht etwas rascher, aber der Fremde bleibt an seiner Seite. „Was soll es dich kümmern. Vielleicht will er sein Zimmer aufsuchen. Es ist ja auch wirklich schon verteufelt kühl". Ihn fröstelt plötzlich. Endlich hat er die Tür erreicht. Doch im gleichen Augenblick hat ihn der Fremde überholt und vertritt Mr. Parker den Ausgang. Als er halb erschreckt und halb empört fragen will, was das bedeuten soll, zieht der Unbekannte blitzschnell einen Schlüssel aus der Tasche, schließt die Tür ab und lässt den Schlüssel wieder in seiner Tasche verschwinden. „Ich versteh den Scherz nicht. Öffnen Sie. Ich habe eine wichtige Verabredung!". Aber schon bei den ersten Worten fühlt Parker die Nutzlosigkeit seines Protestes. Seine Worte erreichen den Fremden nicht. Er sieht aus wie ein Spieler, der sein ganzes

Vermögen auf einen Wurf gesetzt hat und das Ausrollen der Würfel beobachtet.

„Kommen Sie. Es ist unser Schicksal", flüstert er Parker zu. „Kommen Sie". Und auf sein Zögern dringender, drohender: „Kommen Sie!". Dabei packt er Parker am Handgelenk und zieht ihn fort bis zum Ende des Dachgartens.

„Sie fangen an", spricht der Unbekannte weiter. „Sehen Sie dort unten die Straßenlaterne? Dort? An der Straßenecke. Sehen Sie es?!" fragt er noch einmal mit fiebrigen Augen. „Ja", antwortet Parker. Seine Stimme klingt hohl und gepresst. „Er ist ein Verbrecher", denkt er verzweifelt. „Aber was will er von mir? Geld?", diese groteske Vorstellung kitzelt ihn zu einem Gelächter, das er aber vor dem fanatischen Gesicht dieses Mannes nicht wagt.

Die Stimme des Unheimlichen klingt wieder auf. „Dorthin fliegen wir. Jetzt! Im Augenblick!" und er zeigt tief unten auf eine Laterne in den Schacht der Straße. „Schreien ist sinnlos" – Parker gibt diesen Gedanken sofort wieder auf. Noch bevor sein Schrei die Straßenpassanten acht Stockwerke unter ihm erreichen könnte, hätte ihn der Fremde schon niedergeschlagen. „Dieser Mann schreckt auch vor einem Mord nicht zurück", so erscheint es Parker jedenfalls.

„Sie fangen an", beginnt der Fremde jetzt wieder. Und er zieht ihn näher zum Geländer. „Sie fliegen zuerst!" Vergebens bäumt sich Parker unter dem eisernen Griff des Mannes auf. „Lassen Sie mich los. Ich habe kein Geld. Ich kann Ihnen nichts geben. Wollen wir nicht lieber in der Bar einen Drink nehmen. Einen Whisky. Ich lade Sie ein. Ich habe mein Geld in meinem Zimmer", versucht Parker sinnlos von Entsetzen ein halbwegs vernünftiges Gespräch anzuknüpfen. „Hinterher. Ja. Doch erst müssen wir fliegen. Sehen Sie. Sehen Sie!! Das Licht winkt uns zu. Los! Fangen Sie an. Los doch!!" Parker wird es schwarz vor den Augen. „Nur jetzt nicht umfallen, nur jetzt nicht umfallen", denkt er entsetzt. „Steigen Sie über das Geländer. Hier, von dieser Stelle haben Sie einen guten Abflug. Oh, Sie werden fliegen. Fliegen – wunderbar!!" Währenddessen klettert der Fremde über das Geländer. Er steht jetzt kaum einen halben Schritt neben der Straßenschlucht. Noch immer hält er das Handgelenk Parkers fest. „Mein Gott! Er ist wahnsinnig!" blitzartig wird es Parker klar. „Sie können eine Ellipse fliegen. Das ist schöner. Kommen Sie doch. Kommen Sie!!" Jäh umklammert ihn der Fremde mit einer plötzlich aufflammenden Wildheit. „Du willst nicht?! Dann werde ich dich in die Luft werfen. Schade. Dann wirst du nicht so gut fliegen", und er zerrt den zitternden Parker über das Geländer.

In Todesangst klammert er sich an das Eisengestänge des Geländers fest. In dieser letzten Sekunde, als er in des Wortes buchstäblicher Bedeutung schon zwischen Tod und Leben schwebt, kommt der rettende Einfall, dem er sein Leben zu verdanken hat.

„Halt! Halt", schreit er. Ich habe einen besseren Vorschlag!" Der Mann lässt Parker langsam wieder zu Boden gleiten und blickt ihn erwartungsvoll an. „Es ist kein Kunststück, von oben nach unten zu fliegen, aber von dort unten, von der Straßenlaterne nach hier oben zu fliegen, das wäre einmal eine großartige Sache. Das kann nicht jeder". Der Wahnsinnige löst nach einer Weile des Nachdenkens seinen Griff von Parkers Handgelenk. Dann leuchten seine Augen auf. „Ja. Ja!! Das ist gut. Das ist ausgezeichnet! Komm!" Er klettert wieder zurück über das Geländer und zieht Parker eilig zur Tür. „Ich muss ihn loswerden", denkt Parker. „Aber wie? Wie?! Auch unten auf der Straße ist er noch gefährlich".

Inzwischen schließt der Wahnsinnige die Tür auf und stößt Parker hinaus. „Einen Augenblick", hält ihn Parker noch einmal auf. „Sie fliegen von unten. Ich von oben. Dann können wir uns unterwegs die Hände schütteln. Wie wäre das?" „Abgemacht, großartig", dann rast der Fremde die Treppe hinunter.

Parker wartet, bis er verschwunden ist. Die Knie wanken ihm. Er tastet sich zu seinem Zimmer. Aufatmend schließt er hinter sich ab. Dann stürzt er zum Telefon und ruft die Rettungsstelle an. Hastig beschreibt er alles. Von seinem Zimmer aus sieht er den Wahnsinnigen unter der Straßenlaterne stehen und warten. Unentwegt blickt er zum Geländer des Dachgartens. Endlich fährt der Rettungswagen vor. Der Unbekannte lässt sich widerstandslos abführen. Da erinnert sich Parker auf einmal wieder an seine Verabredung mit dem Generaldirektor der Boddy-Werke. Es ist schon 20 Minuten über die verabredete Zeit. Rasch ruft er den Hotelportier an. Parker hat Glück. Die Begebenheit hat sich wie ein Lauffeuer im Hotel herumgesprochen. Auch der Generaldirektor, der schon etwas ungehalten war, erfuhr auf diesem Wege, was seinem Gesprächspartner begegnet war. Als Parker ihm nun gegenübertritt, gratuliert er ihm zuerst zu seiner Lebensrettung und beglückwünscht ihn dann zu seiner Geistesgegenwart. Nach diesem Beginn der Besprechung ist es nicht verwunderlich, dass ihm der Generaldirektor seinen Trick verzeiht, mit dem er ihn ins Hotel gelockt hat und dass beide nun rasch handelseinig werden. Heute ist Mr. Parker selbst Direktor einer Filiale des Boddy-Textil-Konzernes. Dass sich aber alles so rasch und so glücklich fügte, verdankt er allein einem Wahnsinnigen, der ihm das Fliegen lehren wollte.

Peter Pitt

Die Angst

Da ist sie wieder .... die Angst.

In der Mitte des Leibes beginnt es. Kaum erkennbar am Anfang. Nicht zu definieren. Ein Ziehen und Dehnen. Vorsichtig. Kaum zu spüren. Dann wächst sie ... langsam ... wird groß wie eine Faust. Sie hockt im Bauch ... in der Mitte des Magens. Von innen drückt sie auf die Magenwände. Sie dehnt sich aus, aber sie kann die Wände ihres Gefängnisses nicht sprengen. Und sie beginnt aufzusteigen. Sobald sie die Brust erreicht hat, ruht sie sich aus. Von der Lunge hat sie dabei Besitz genommen und schließlich gehört ihr der ganze Brustkorb.

Nun lässt sie nicht mehr los. Ich bin wehrlos ... vor ihr. Auch mit dem Gehirn ist nichts gegen sie auszurichten. Ich habe es versucht ... oft.

Wie lange sie nun Ruhe hält ... das ist ganz unterschiedlich. Manchmal gibt sie nach ein, zwei Stunden auf und zieht sich zurück ... selten. Hin und wieder räkelt sie sich nur, richtet sich empor und legt sich wieder nieder. Aber auch das ist nicht die Regel. Meistens breitet sie sich nach ihrer Rast unaufhaltsam weiter aus. Ohne Hast jetzt. Siegessicher ... steigt sie langsam weiter empor. Eines ist seltsam ... Wenn sie den Hals erreicht und sich an der Luftröhre festgesaugt hat, bleibt sie stehen ... sie wartet. Das ist immer so. Noch niemals hat sie diese Grenze überschritten.

Doch lange dauert es nicht und sie verlässt durch den Mund den Leib. Nichts kann sie jetzt mehr hemmen. Sobald sie erst einmal den Raum außerhalb des Leibes betreten hat, wird sie zum Riesen. Nun kann sie den ganzen Körper umschlingen ... von dem Kopf bis zu den Beinen. Ihr allein gehört jetzt das Zimmer, das Haus. Unbeschränkt und diktatorisch herrscht sie. Nichts hat Bestand neben ihr.

Früher einmal, als ich noch hoffte, ihr entrinnen zu können, bin ich vor ihr geflohen. Auf die Straßen, in die Parks, über Wiesen, durch Wälder, über Böschungen, Brücken...Wie ein Sprinter beim Startschuss rannte ich fort. Sie war niemals langsamer als ich. Flucht ist sinnlos. Das habe ich aufgegeben.

Und trotz allem ... sobald sie mich überfällt, muss ich mir Bewegung machen. Ich halte es nicht aus, stillzusitzen und abzuwarten. Ich muss umhergehen, mich fortbewegen, irgendwohin. Ziellos. Ich weiß, sie wird bei mir bleiben, aber das Laufen zwingt mich dazu, schneller zu atmen, und ich bilde mir ein, auch leichter. Sie geht neben mir her, vor mir, rechts, links, hinter mir ... einen undurchdringlichen schwarzen Kordon um mich ziehend.

Es ist wieder so weit. Alle Symptome zeigen es an.

Wo es nur herkommen mag. Sie ist einfach da ... unbegründet ... unergründbar. Zu wissen, wovor man sich fürchtet, das müsste es leicht machen. Ja – wenn ich einen Grund finden könnte ... einen nur einigermaßen plausiblen Grund, eine Ursache, auch wenn sie nicht plausibel wäre ... Nur eine Erklärung. Irgendetwas, das man sich immer wieder vorsagen kann. Immer wieder. Eine Art Selbsthypnose als Therapieversuch ...

Aber sie braucht keine Rechtfertigung. Sie ist absolut unbegründet. Sie ist nur da.

Ich versuche tief zu atmen, während ich durch die dunklen, nächtlichen Straßen laufe. Durchatmen. Bewusst. Ganz bewusst. Ich muss es tun ... Sie darf mir nicht die Brust abschnüren. Zusammenschnüren. Durchatmen. Ganz tief. Langsam. Und wieder.

Herzlungenmaschine.

Kinderlähmung.

Tief atmen. Zählen. Eins – Einatmen. Zwei – Ausatmen.
Eins – zwei. Eins, zwei. Weiterlaufen.

Die Autos. Auch zählen.

Ordnen nach Fabrikmarken. Nach Hubraum. Nach PS.

Entfernungen schätzen … nach Schritten. Fünfund-
zwanzig bis zur nächsten Bordkante. Ausprobieren.
Stimmt nicht. Verloren. Schlecht.

Neuer Versuch. Ich wette mit mir selbst. Gewonnen.
Wenn ich noch einmal gewinne, dann … und wenn ich
beim dritten Male …

Sie ist noch da. Sie geht nicht fort. Sie hält mich fest.

Die Straßen sind enger geworden. Wo bin ich? Nach
den Straßenschildern sehen.

Ich vergesse es.

Ein Mann hält vor mir an. Ein Gesicht unter einem hellen Hut. Er bittet mich um Feuer. Ich blicke ihn an.

Er wiederholt seine Bitte.

Ich krame in meiner Hosentasche. Murmele etwas.

Feuer.

Feuer. Ein Streichholz flammt auf.

Ich gehe weiter. Seine Schritte verlieren sich.

Sie ist dageblieben. Sie ist stark.

Feuer. Dröhnen in der Luft. Zischen. Silberfische. Fünfhundert, tausend. Kondensstreifen.
Sütterlinschreibhefte von heute. ABC.

Ganzheitsmethode.
Phosphor.
Sturm.

Knopfdrücken. Auslösen. „Ich kann nichts dafür".
"Ich habe einen Befehl".
"Ich bin kein Mörder".
Pfeifen.
Feuer- und Dreckflaggen.
"Ich bin unschuldig".
"Ich sitze nur hier und halte mich an der Kellerwand
fest."
"Ich habe nur einen Befehl".
".. Die Geschichte hat mich und mein Volk gezwungen.."
" ..Wir handeln in Notwehr. Berechtigte Verteidigung .."
Ich bin unschuldig …"

Feuer.

Sütterlinschreibhefte am Himmel …

Straßenlaternen.

Menschen. Frauen. Mädchen. Männer. Ein Kind an der
Hand dort. Krücken. Mäntel. Lederjacken. Gesichter. An
mir vorbei. Keines mir zugeneigt. Nur über mich hinge-
wischt. Oder nicht wahrgenommen.

Betteln. Betteln sollte man ... Eine Hand voll Wärme.
Wo ist das nur … Wo? .. Da, wo sich einer niederlassen
kann … und sagen, hier bin ich zuhause. Hier bin ich zuhause.

Zuhause.
Heim.
Familie.
Wärme … der Ofen ist an.
Wärme!! Eine Hand voll. Augen betteln mich an. Ich
kann nichts dafür.

„Ich bin unschuldig".
"Bin selbst ein Bettler".
Deine Hand in meiner.
Ich spüre Deine Haut. Rau
Hilf mir.
Lass mich nicht allein …
        Oder … hat Sie das gesagt …?
Hilfe!!!

Kaum noch Menschen. Die Schaufenster sind dunkel.
Dort … und auf der anderen Straßenseite … Neonbe-
leuchtet. Billiger. Wirtschaftlicher … deshalb also …

Ich stolpere. Falle. Halte mich an einer Hauswand.
Schrammen an der Stirne, der Backe. Feucht … Blut …

Weiter.
Weiter.

      Sie ist noch da. Sie ist noch da.

Sonst ging sie doch rascher …
Sonst verließ sie mich doch nach zwei, drei Stunden …
einem halben Tag … Das war der längste.

Atmen. Tief atmen. Durchatmen. Eins. Zwei. Eins.
Zwei. Eins…

Ein Turm.

Keine Kirche. Ein Stadtturm. Ohne Namen … für mich.
Klare Konturen gegen den Mondhimmel.

Ich starre ihn an. Er schrumpft. Tatsächlich. Er schmilzt.
Oder … nein. Ich halte mich fest. Lehne mich an einen
Schaukasten.

Da steht er wieder in seiner alten Größe. Aber … merk-
würdig .. die Kanten, bis hoch zu dem wuchtigen Sat-
teldach … an der Seite und quer … sie beginnen zu

flimmern … wie bei einer Bildstörung im Fernsehen. Die Mauern neben dem Turm … Die Häuser. Jetzt auch rechts von mir … Die Straße beugt sich nach unten … fällt, stürzt ab … steil, ganz steil … ein Abgrund. Bodenlos. Ich stehe … stehe ganz still. Rühre mich nicht. Kann mich nicht rühren. Die Häuser verblassen. Die schwarzen Halbwände der Mauern, der Turm … die ganze Häuserreihe … die hellen Fensterrechtecke darin … sie werden dünner … durchsichtiger … alles … immer mehr … verschwimmen.

Zwei Menschen … Arm in Arm … schweben aus dem Abgrund vor mir … auf mich zu … Das Gesicht des Mädchens … ganz klar kann ich es erkennen. Blondes Haar … bis auf die Schultern.

Ein Lachen … Kopfdrehen zu dem Mann … Er schwenkt einen Knirps, wie ein Pariser Verkehrsschutzmann sein Stöckchen…

Das Gesicht des Mädchens … groß.
Es wächst … wird größer.
Nahe.
Nahaufnahme.
Großaufnahme.
Der Turm dahinter. Davor das Gesicht geblendet. Die Augen … wie Türen…
Lachen, Dröhnende Glocken … schön. Alles in sich hineinnehmend.
Alles …
Alles … auch mich …
        auch meine Angst …
            auch …
                meine …
                    Angst …
Auch … meine Angst …

Auch … meine Angst …

Endlich …

      endlich …

            frei atmen …

Versuch, sich durch die Darstellung eines Zustandes davon zu befreien (misslungen).

Kaiser, König. Edelmann

--- da gab es – das war doch einmal – wenn man es nur fassen könnte – es liegt so weit – so nahe aber auch – fast zum Greifen weit --- Nebel – Dunst – und doch, doch Haut an Haut – ein Gefühl nur – eine Gewissheit fast --- da war doch einmal – da gab es --- Es reicht weit bis hinter das eigene Leben – ja – das war gewiss – doch, doch – gewiss – vielleicht nicht ganz – aber – bis hinter das eigene Leben … ja – nein, nein – davor – lange davor – vor der Geburt -- Aber ob davor oder danach – Seltsam – bei diesen Gedanken, diesem Gefühl war das unwichtig --- Es war – es ist – wie ein Märchen aus ehedem - - Es war einmal – und – und es könnte wiederkommen – ja – sich wiederholen – jenes – das Nichtgenaudefinierbare – dieses Ahnen, schon Wissen von einem Vorgang, der wichtiger war – wird – oder --- wichtiger als das eigene Jetztleben.

Das macht die Gruselschauerhaut der alten Märchen: der Geschichten von ehedem aus – erzählt aus alten Mündern – von Wissenden – oder auch nur – im Dämmerschein vergehender Tage erzählt. Und sie könnten wahr werden – die Märchen, die so nahe anklingen an das Unfesthaltbare. Jenseitige, und an das hierseiende Gefühl - - Zwar scheint die Märchendistanz bewusst weit gesetzt zu uns – aber für eine Zeit bleibt da ein Märchenglaube auch. Wir überzwinkern zwar unser Unheimeln, wir Klugen im Hier, im Diesseitigen – wir überzwinkern die Angst vor dem nicht ganz Begreiflichen – aber – aber da bleibt ein unbeleuchteter Winkel in uns - -

- - es war einmal - -

Ein roter Kinderball wird in die Luft geworfen. Schreien. Wichtige Worte. Übereifert. Fliegende Haare. Aufgerissene Augen – keinen Platz für anderes. Der rote Ball steigt in die Luft. Ein kleines Mädchen schreit dazu zweisilbig – die erste Silbe hoch genommen, die zweite tiefer – deutlich abgetrennt die Silben: „Kö – nig!" In den Kreis der Mädchen und Jungens kommt Bewegung. Sie rennen zu dem Luftball. Der Ball fällt auf sie nieder. Arme, Hände greifen – versuchen ihn zu fassen. Durcheinandergeschrei, Gekreische, Lachen, Nebenbeikatzbalgerei. Gefangen – der rote Ball von zwei Jungenshänden – festgehalten in braunen, dünnen Armen.

Vorbei die Erregung, die Aufregung. Ein neuer Kreis. Plätze werden gewechselt. Ein neuer König, ein neuer Bettelmann – Und – ein roter Kinderball wird in die Luft geworfen - - - Ein Kinderspiel – ein Spiel nur – ein roter Kinderball aus einem Märchen – einem verlorenen Wissen - - - Nur eine Katzentatzenbreite liegt zwischen diesen Worten – diesen Begriffen. So scheint es – so muss es sein – so ist es – so ist es wohl auch. Und scheinen sie sich nicht manchmal zu berühren – diese Begriffe, diese Wortbegriffe, wenn sie sich bewegen oder in Bewegung gesetzt werden? Der Abstand zwischen ihnen ist oft nur klein. Eine Katzentatzenbreite nach rechts – nach links – nach oben oder – Die Dimensionen sind nur scheinbar vorhanden – nur scheinbar neben der anfassbaren, mess- und berechenbaren Illusionswirklichkeit der Erwachsenen jedes Alters – Ist es nicht so - - - Ist es nicht - - - ?

Der Schauplatz liegt abseits unserer Vorstellungen – nämlich im Jenseits – oder was immer wir aus unserer Unwissenheit Verunsicherte so benamen.

Wie weit das Jenseits von uns entfernt ist oder wie nahe wir ihm sind – ja – das ist es eben – das ist nicht erkennbar für uns, die wir an Raum und Zeit gebunden sind –

im Gegensatz zu denen, die dort seiend sind. - - - und dort oben sind wir nun - - -

Eine Sirene jault, auf- und abschwellend. Eine Stimme über Lautsprecher – über viele Lautsprecher – alle gut und zweckmäßig verteilt. (Wir müssen hier irdische Begriffe und Gerätschaften verwenden, um eine gewisse Verständlichkeit herzustellen.)

„Achtung! Achtung! Alle, die zur Sektion Berta 11 Strich Alpha 6 gehören, haben sich im Saal der ‚Himmlischen Einheit' sofort zu versammeln." Nun – Anordnungen dieser Art waren nichts besonderes – die gab es alle Tage – für die einzelnen Gruppen. Und auch die freigesetzten Seelen von Berta 11 Strich Alpha 6 glaubten zunächst, es handele sich, wie meist, nur um eine der Routinehimmelskonferenzen oder auch ‚Harmoniemeeting' genannt, mit üblichem Engelsvorsitz. Und so machten sie sich arglos auf den Weg und nahmen, eher gelangweilt als gespannt, Sitz auf den weißblauen Wolkensitzen.

Ihr ehemaliges Erdendasein hatten sie längst vergessen. Dass diese matt leuchtende Seele ganz links außen, zuletzt einmal Meierhardt hieß und Buchhalter in einer Lottozentrale gewesen war, wusste sie schon lange nicht mehr. Und dass Herr Himberfang einmal Dipl.-Ing. und Generaldirektor der Thyssen-Werke war und sein damaliges Leben mehr an seinem Rheumatismus litt als an seiner desolaten Ehe, gehörte längst in das jenseitige Verklingen. Auch Hilde Abermals, eine ehemalige Prostituierte aus München, hatte längst hinter allen Gedanken gelassen, dass sie einmal im Badezimmer des Bordells ‚Prinz Heinrich' ausgerutscht und somit ein Loch im Himmel gefunden hatte. Ihr ehemaliges Sein war nun ‚freikompensiert', wie es in der himmlischen Amtsengelssprache hieß. Sie hatte jetzt nur noch einen hellen oder schwarzen Leitstellenwert, der von 0 bis 24.000 in schwarz oder weiß reichte – bei erweitertem Normalgang. So hatte Herr Himberfang einen Weißstellenwert von 8621, was als verhältnismäßig hoch galt. Das rührte unter anderem daher, dass er seinen Chauffeur Berterhahn an einem Adventssonntag eigenhändig nach Hause gefahren hatte und anschließend mit ihm – ohne auf Rang und Ordnung zu achten – ein Riesenbesäufnis in dessen Wohnung beging und sie sich anschließend weinend in den Armen lagen und ewige Freundschaft schworen.

Die versammelten Seelen begannen bereits etwas ungeduldig zu werden, was eigentlich streng verboten war. Aber endlich erschien doch der hellgelbe Versammlungsengel und las von einem rosablauen Wolkenhauch einige Farben ab, die hier für Namen galten. Auch die Seelen untereinander erkannten sich nur an ihren Farben. Da gab es Blau, Schwarz, Weiß, Rot und Mischfarben, die es im Hiersein nicht gibt – seltsame, auch herrliche, aber unbeschreibbare für uns, da hierfür keine Worte gedacht sind.

Nun – einige Seelen fühlten sich von dem Engelsaufruf betroffen und harrten als neue Seelengruppe am Ausgang B 2 auf die Führung durch den hellgelben Versammlungsengel. (Das alles ist natürlich überspitzt materialisiert dargestellt – wie schon erwähnt – aber eben sonst nicht übermittelbar.)

Und dann schwebte die ausgewählte Gruppe zum himmlischen Probesaal, knapp neben dem ‚Großen Engelstheater'.

Der Probesaal: Nun wussten sie es. Es wurde ernst. Oft ist darüber telepathiert worden zwischen ihnen. Es geht zur Erdeinsetzung – zur großen Rollenverteilung. Dass dies bei den ausgewählten Seelen eine ganz und gar unhimmlische Erregung auslöste – ist wohl selbst für Engel zu verstehen.

Die Crew der Thalia-Sektion war vollständig versammelt. Sie war überschaubar für die Musterung durch die Wissenden und dazu gehörten auch die weißgrauen Ordner. Zum Weiß der Engel war für sie noch ein großer heilig-genauer Karriereschritt. Deshalb waren sie auch alle so eifrig.

Der Versammlungsengel schwebte jetzt zu dem goldblauen Himmelspodest. Er musterte streng, aber mit einem kleinen kaum erkennbaren Lächeln, die einsatzbereiten Seelen. Nachdem totale Gedankenstille eingetreten war, ließ er die vor ihm aufgeschlossenen Seelen wissen, was zunächst zu verkünden war. Und er schloss damit, dass er noch einmal eindringlich machte, - dass dies alles nur zum Wissen im Jetzthiersein bestimmt sei und nach Wiedereintritt in die Erdatmosphäre vergessen sein würde – nur noch randahnbar. Dass außerdem in absehbarer Zeit das Endstadium der Erdenbühne vorgesehen sei, dass aber die Registerfüllung des Daseins dort noch Lücken aufweise, dass diese vollständig ausgefüllt sein müssten, bis das Rundtheater-Erde aufgelöst und eine neue Seelenbühne eröffnet, beziehungsweise zugänglich gemacht würde. Um diese Aufgabe zu erfüllen, sei noch eine begrenzte Zahl von Einsätzen nötig – und weiter – dass dann endlich die ‚Fähre' abfahren könne zur Einordnung in das übergreifende Register. Es müsste für eine höhere Zweckhöhe Neues ins Feuer geworfen werden, um aus der Schlacke das Gebrannte zu gewinnen zu neuer Figurenaufstellung. „Was ihr hiervon nicht versteht, nicht erkennen könnt, geht euch nichts an. Das Erkennen ist später und auf anderem Niveau." Nach dieser ernsten Einlassung des gelben Versammlungsengels, machte sich eine starke Unruhe unter den Unverständigen bemerkbar.

Sie wussten nicht, was sie von dieser Rede halten sollten. Sie fanden sie bedrohlich, da ihnen ja nur ein Teilhimmelüberblick möglich war. Außerdem harrten sie mit immer größer werdenden Nervosität nur auf eines – für sie das Wichtigste – auf das Erscheinen des Regisseurs.

Der Regisseur der Neuinszenierung, ein Doppelengel, wohl weil Regisseure immer irgendwie doppelt sind – ein Doppelengel, dem erlaubt war einen schwarzen Höllenflügel zu tragen – der Regisseur hatte seine Rollenaspiranten während der Rede des Versammlungsengels, den er nicht leiden konnte, ohne es zeigen zu dürfen, genau durch das unsichtbare Monitorloch, das die Seelenwesen zwischen Himmel und Hölle zeigt, beobachtet und beurteilt und dabei überlegt, wie er die Durchsichtigen einsetzen könnte, abgemessen an dem, was sie einmal waren, was sie sind und wozu sie daraus folgend werden könnten, ja, zur Ergänzung ihres Weiterseins und des gewissen höheren Zweckes, werden müssten.

Der gelbe Versammlungsengel hatte sie allein gelassen. Eine lange Pause blieb – sie sollte – so war es gedacht – der Kontemplation dienen, aber hier hatten sich die Veranstalter geirrt. Die Spannung, die Erregung erlaubte keine Tiefe. Wie könnte es auch anders sein bei Schauspielern, die auf ihre künftige Rolle warteten. Es gab nichtssagende telepathische Floskeln hin und her, Frozzeleien. Aber über allem Darüberhinweggedankeln – sie wussten genau, hier ging es um die Schauspielerlebensfrage – wer bekommt welche Rollen und wer wird letztenendes damit den größten Applaus haben. Die große Chance im Theater-Lotteriespiel kann in jeder guten Rolle liegen – aber der Regisseur entscheidet, wer von ihnen später in Fleisch, mit Haut und Haaren dabei sein wird - wer von ihnen und wie von den himmlischen Maskenbildnern gestaltet, aus der Nullgasse ins Leben treten darf.

Die Unruhe der Wartenden sank plötzlich auf halbe Höhe und Geschwindigkeit. Der Regieassistent war eingetreten. Das war das Zeichen. Es begann. Dem Regieassistenten war noch kein schwarzer Flügel gewachsen, aber er trug demonstrativ schwarze Handschuhe. Er tat sehr geschäftig, was von Regieassistenten auch erwartet wurde. Mehrere Wolkenblätter in seinen Händen, die er so geschwind durchblätterte, dass einige von ihnen in Nebel zergingen. Die Blätter waren noch ohne Farben und Zeichen. Auf diesen Wolkenblättern würden sie später stehen, die Rollen, die Auftritte, der Abgang, danach auch die Kritiken. Sein noch ungeübtes Adlerauge überflog die Versammlung. Ein nervöses Schlucken – der Regisseur kannte kein Erbarmen mit seinen Regieassistenten. Sie standen immer im Schatten seines schwarzen Flügels.

In einem hellroten Eingang erschien jetzt der Regisseur. Plötzliche Stille – man hätte eine Wolke fallen hören können. Er – ihr abgeordneter Gott auf Zeit – er setzte sich auf seinen Regiestuhl – Türkis und Gold. Er setzte sich und blickte sich um – ganz kühles Wohlwollen. Ein Nicken mit dem Regiehaupt. Die Hand des Assistenten reichte ihm die Liste. Jetzt waren auch Farben und dahinter Namen zu erkennen – für ihn zu erkennen. Blitzen der Brille, die mit Sonnensplittern eingefasst war und die zwei blauschwarze Nachtbruchstücke umgriffen. Überfliegen der Namen. Nicken. Brille ab. Blick über das ausgewählte Arsenal der Schauspielerfiguren.

Zuerst wurde die Souffleuse benannt. Sie hatte zu helfen und die richtigen Stichworte drüben auf der Lebensbühne zu geben, wenn etwas ins Stocken zu geraten drohte. Die Engelssouffleuse bedankte sich mit einem Knicks bei dem Regisseur für ihre Berufung, obwohl sie zum Stammpersonal gehörte, wenn auch zeitweise auf Reserve gesetzt. Sie hatte ein Stück blauen Himmels als Lesebrille aufgesetzt – sie war ihr vom Himmelsprofessor verordnet worden, da sie stark kurzsichtig war und schon mehrmals falsche Stichworte gegeben hatte.

Die Besetzung der zweiten Garnitur machte keine Schwierigkeiten. Die Auswahl ging rasch voran – das Schauspielerroulett drehte sich. Finger über die Namen der Liste. Aufblicken, anblicken, abhaken. Nebenrollen. Resignation. Hinnehmen. Lahme Proteste – erstickt von der Regieautorität.

Aber noch waren die Hauptrollen zu besetzen. Alle, die noch ohne Rollen waren, fieberten dem Spruch des Regisseurs entgegen. Ja. Einige Hoffnungen blieben noch.

„Die Rolle eines Herrschers ist zu besetzen. Der König eines Landes. Ein absoluter und despotischer Herrscher. Er hat ehrgeizige politische Pläne. Er verwirklicht sie zum Teil. Das Volk muss bluten und große Opfer bringen. Er wird gehasst – von einigen fanatisch verehrt. Zu spät merkt er, dass er so ‚absolut' gar nicht war, dass er in Wirklichkeit immer manipuliert wurde – dass er eigentlich nur eine Figur war, die von anderen geführt wurde. „Also – so etwas wie ein ‚Macht-Halbstarker', der Regisseur lachte leise über seine Anmerkung, die er wohl für originell hielt. „Er stirbt mit" Der Regisseur blätterte in den Wolkenseiten hin und her –„ … er stirbt mit 41. Ein Attentat."

Dazu der etwas enttäuschte Auserwählte: „Aber da bin ich ja nur verhältnismäßig kurze Zeit auf der Bühne. Der Part ist zu klein – viel zu klein für mich". Der Regisseur blickt ihn stumm an und schüttelt leicht das Haupt. Ein letztes, kleines Aufbegehren. „Ist meine Sterbeszene wenigstens gut angelegt?"

„Sie ist sehr wirksam. Vor allem aber das Begräbnis. Das übertrifft ‚Aida'", lachte jetzt plötzlich laut der Bühnengott auf Zeit. Der künftige Herrscher war sehr zufrieden.

Weiter in der Liste. Ein Finger auf den Namen eines der künftigen Auftreters. „Ich will es mit Ihnen versuchen. Blamieren Sie mich nicht. Die Rolle fordert alles. Es ist Ihre große Chance".

Nervöses Räuspern, Kopfnicken. Konzentriertes Aufblicken. Kein Wort zu verlieren. ‚Die große Chance'! Alle warteten darauf. „Es ist die Figur des klassischen Versagers. Trotz guter Startbedingungen verliert er – teils durch die Umstände, die sich ergeben, teils auch, weil er die Möglichkeiten, die sich ihm anbieten werden, verspielt, nicht nutzt. Er versagt schließlich auf der ganzen Linie. Er wird in den Augen der anderen ein Stück Dreck. Verachtet – wenn überhaupt einer noch Kenntnis von ihm nimmt. Krank zum Ende. Bettelarm. Ein Bettler – grindig, scheußlich anzusehen. Und er wird sehr alt und muss es lange tragen. Am Schluss könnte man ihn einen Gewinner nennen – wenn man von Hab und Gut und Achtung der Menschen einmal absieht – er hat – zunächst gezwungenermaßen, dann durch Einsicht – nicht unerheblich an Weisheit gewonnen. Aber, wie gesagt, das ist nicht allein sein Verdienst – es resultiert hauptsächlich aus der Gnade seiner Armseligkeit". Pause. "Eine schwere Rolle, aber zu bewältigen", und drohend hinzugesetzt, „wenn die Rolle richtig gespielt wird. Ist das klar?" Die Verwirrung ist dem Rollenbesetzten deutlich anzusehen – auch die Freude, die überwältigende. Dass er dazu ausersehen war – Ja!! In einer solchen Rolle kann man alles geben, was man hat – muss man alles geben. „Nur den Jubel unterdrücken, die Freude nicht zu laut zeigen –

vor den anderen", denkt er schnell und nickt dem Regisseur bestätigend zu.

"Ja. Und noch eine Rolle – nein, noch zwei wie ich sehe, sind heute zu besetzen. Da ist zunächst die Rolle eines Bankiers. Häuser, Reedereien, Land, Besitz, Glanz, Freude, Reputation, Ehren, Ehrungen, Orden und Macht – vor allem Macht. Ein angesehener Mann. Er stirbt mit 71 Jahren. Familie. Drei Kinder. Alle und alles wohlgeraten. Er wird zum Schluss geadelt." Der hierfür vorgesehene Schauspieler hatte konzentriert und genau zugehört. Er war blass geworden, wenn so etwas überhaupt hier oben möglich war. Und diesmal war der Protest hart und frontal. Er hatte sogar vergessen, dass er sich mit seinem lautstarken Aufbegehren einiger Himmelchancen begeben könnte, denn der Regisseur war Angestellter hier im Jenseits und gehörte zu den Führungskräften. Ja, der verzweifelte Schauspieler drang sogar bis zum Pult vor: „Das soll eine Hauptrolle sein? Wollen Sie mir das wirklich weismachen? Wo ist da eine Entwicklung in der Rolle? Wo? Das ist alles rund und glatt und schön. Zum Kotzen, wenn Sie mich fragen". Und eisig der Regisseur: „Ich frage Sie aber nicht". Mein Fach sind Charakterrollen – keine – keine Salonchargen". Das Wort ‚Salonchargen' hatte er wie eine eklige Kröte ausgespuckt. Der Regisseur dazu: „Es liegt ja nur an Ihnen, was Sie daraus machen. Geben Sie der Rolle eben mehr Profil. Schluss jetzt. Mehr habe ich nicht für Sie".

Aber noch gab der künftige Bankier nicht völlig auf. Blick zu dem künftigen Versager: „Wie kommt der dazu, eine solche Rolle spielen zu dürfen? Ist er mehr als ich? Kann er mehr? Bin ich weniger wert?" Neid und ein wenig Hass schwangen dabei mit. Es war auf einmal menschlich, fast irdisch geworden. Aber der Regisseur winkte ab. Ein letztes Aufbäumen: „Könnten Sie nicht zumindest einen kleinen Bankrott einbauen – oder – warten Sie" Der Regisseur schnitt ihm das Wort ab: „Nein. Sie spielen die Rolle wie sie vorgegeben ist." Die Schauspieler, die noch auf eine Besetzung warteten, drängten jetzt nach vorn. Das konnte ihre Stunde werden. „Ich könnte diese Rolle sofort und ganz bestimmt auch besser" – „Nein. Ich – sehen Sie mich an" Ein vernichtender Blick des Regisseurs: „Die Rolle ist vergeben und es ist ein Wagnis, Sie damit zu besetzen", mit einem Blick zu dem Bankier. Der hatte sich nun damit abgefunden und machte sich etwas kleiner.

Die ehemalige Hilde Abermals fühlte plötzlich den Blick des Regisseurs auf sich gerichtet.

"Sie werden wieder als Frau auf die Welt kommen. Bürgerliches Haus. Mutter Ärztin. Vater Regimentskommandeur. Der Geburtsort wurde nach Ostpreußen verlegt. Aufwuchs in der Provinz. Es soll bewusst klein anfangen – unbedeutend, um die wenigen Höhepunkte in Ihrem Leben erkennbar zu machen. Als Fünfzehnjährige Scharlach – knapp am Tode vorbei. Einige Semester Universität. Kein Abschluss. Freundschaft mit einem Bühnenbildner. Anfangsstation. Dramaturgische Assistentin in einem kleinen Stadttheater. Aber es geht aufwärts – Endplatz am höchsten Staatstheater als Dramaturgin. Niemals Chefin – aber immer mit dabei. So etwas – wie die graue Maus im Ärmel der Kunstverwaltung. Sie werden immer wieder in Ihrem Leben an schöpferischen Verdauungsstörungen leiden und sich dafür an den Autoren rächen. Sie werden einen tödlichen Unfall im Theater haben. Tod mit 68. Ein Leben, das nicht gerade befriedigen kann". Der Regisseur lächelte und dachte, „Im Gegensatz zu Deinem vorigen in München". Und die ehemalige Hilde Abermals hatte auf einmal eine Erinnerungsahnung - - „ -

155

- da war Geld – viel Geld früher einmal und Lust – oder – damals – wann – und viele kamen und gingen". Hatte sie deshalb diese vielen lästigen Exerzitien im Saal der sterilen Halbengel absolvieren müssen?"
Kein Protest von ihr – noch nicht einmal ein ‚Ja' oder ‚Danke'.
Sie fühlte sich untergebracht, engagiert –
Damit war die Besetzung für diesen Tag zu Ende.

Der Regieassistent trat vor: „Arrangierprobe für alle vorgemerkten Spieler!" Etwa ein dutzend Enttäuschter, die leer ausgegangen waren, verließen den Probesaal. Und sie dachten dabei: „Das nächste Mal vielleicht – das übernächste. Man müsste dem Regisseur auffallen – durch irgendetwas – irgendwie, irgendwann – irgendwo"-

Es ist so weit.

Die letzten Vorbereitungen waren getroffen, die letzte Hand an die Schauspieler gelegt. Der Maskenbildner hat sie geschminkt und sie gemeinsam mit dem ‚Friseur der sieben Regenbogen' für ihren Auftritt in Fleisch, Blut und Haaren geformt. Ihre Statur, ihre Gesichter waren nun ins Neugültige festgelegt, ihre Gesten und Mimik geprobt und weitgehend sichergestellt, die wechselnden Kostüme ausgesucht und bereitgelegt.

Das Wiederauskleiden in der Garderobe und das Abschminken würde der Tod besorgen.

Das Spiel kann beginnen.

Der Vorhang rauscht auf.

Der erste Auftritt durch die dunkle Nullgasse auf die erleuchtete Bühne. Alles, wie sonst auch auf dem üblichen Theater – nur das Stück dauert länger – je nachdem, 41 Jahre, 68 – mehr. Und vor allem – die Zuschauer wissen nicht, dass sie Zuschauer sind. Sie sind mehr als das

– sie sind Mitspieler. Ihr Zuhause ist nur sporadisch – nur, wie sie meinen, ihnen hingestellt – in einer jeweils gegebenen Spielminutenpause. Es ist das totale Theater. Jeder spielt mit oder gegen jeden. Jeder hat seine Rolle. Es klappt zwar nicht immer ganz präzise mit den Stichworten, aber das liegt nicht nur an der etwas kurzsichtigen Himmelssoufleuse. Auch Auftritte werden hin und wieder versäumt – aber auch das ist wiederum völlig theaterüblich. Es ist die kleine unberechenbare Ecke in jeder Theateraufführung.

Die Geburt, der Auftritt des künftigen Herrschers wird wie üblich mit 21 Böllerschüssen, mit Fanfaren, Trommeln und feierlichen Ansprachen verkündet und weitergereicht.

Der Auftritt des künftigen Bankiers ist würdig, angemessen, obwohl dessen Eltern noch weit entfernt von der künftigen Wohlhabenheit sind. Aber immerhin sind sie gut situierte Bürger – wie man es nennen kann. Der schwarze Pfarrer hält den schreienden Bankier über das Taufbecken. Gute Wünsche. Ein Gebet. Rührung. Ein heimliches Tränenauswischen und die Aktienpakete dürfen aufhorchen.

In einer Sturmnacht tritt der Versager auf. Die Auftrittsszene ist in einen mittleren Bauernhof verlegt. Ein Arzt würde gebraucht, aber er steht der Wehmutter nicht zu Hilfe – er ist nicht zur Hand zu bekommen. So stirbt die Mutter bei dem ersten Schrei des Versagers – was gleichzeitig ihr Abgang durch die dunkle Nullgasse in das Anderssein bedeutet.

In Königsberg, im ‚Heilig-Geist-Spital' schlägt der Dramaturgin die Stunde. Bei ihrem Auftritt erlaubt sich der Regisseur zum ersten Male ein ganz unhimmlisches Kichern mit Blick zu seinem Assistenten. „Aber auch der

Titel der Klinik wird ihr nicht viel weiterhelfen, da sie zur Dramaturgin bestimmt ist". Doch weiter. ‚Heilig-Geist-Spital'. Weiße Kittel – eine Mutter im Äther. Kaiserschnitt. Keine weiteren Komplikationen.

Der Regisseur und im Hintergrund sein Assistent beobachten mit Gespanntheit und etwas Nervosität das fortlaufende Spiel. Es ist zu spät zum Eingreifen. Die Szenen spielen, ungeduldige Ausrufe des Regisseurs, nervöses Fingerschnicken, Händeringen – synchron dazu die schwarzen Handschuhe des Assistenten. Daneben aber auch beifälliges Nicken. Das Spiel läuft. Entscheidend wichtig werden die Schlussszenen.

Jubel des Volkes vor dem Palast des Herrschers, vor seiner Majestät König Olaf I. Hochrufe. Immer wieder Hochrufe. Olaf tritt auf den Balkon und winkt ihnen zu. Überschäumende Begeisterung – durch einige Geräuscheordnungsmacher in die richtigen Bahnen gelenkt. Das Fernsehen, Radiostationen übertragen die große Stunde. Der Feind ist niedergeworfen. Olaf der Sieger. Nicht Olaf I., nein ‚Olaf der Große'. Schon jetzt nennen ihn viele so.

Neben ihm steht der Bankier, lächelnd – sein Lächeln ein wenig undeutbar.

Bankier: (zu Olaf)

Sie machen das wirklich großartig, Majestät. Es überzeugt selbst mich – diesmal. (ohne Ironie) Ich gratuliere.

Olaf: (wendet sich von ihm ab – winkt dem Volk zu)

Bankier:
Was wollen Sie mehr? Der Glanz gehört Ihnen – die Macht mir. (Halblaut – mit nur noch angedeutetem Lä-

cheln) Aber das wissen nur wir beide. (nach einer kleinen Pause) Ein paar andere ahnen es vielleicht.

Olaf:
Ich hätte Sie aufhängen sollen. Gleich am Anfang. (Dabei zum Volk lächelnd und winkend)

Bankier:
Aber, aber. Dann würden Sie heute nicht umjubelt, Majestät. ‚Der Große' – so werden Sie in den Schulbüchern stehen. Von mir wird keiner Notiz nehmen.
Und das ist gut so. (kleines Lachen)

Olaf: (lauernd)
Ich könnte Sie noch immer verhaften lassen – sofort, hier vor allem Volke. Erklärungen gibt es immer. Das Wort ‚Verrat' entschuldigt alles.

Bankier: (winkt ab)
Dann platzen einige hohe Wechsel, (mit leichtem Hohn) ‚Majestät'. (wischt eine angesetzte Antwort des Herrschers mit einer Geste fort) Was also? Wollen Sie auf der Höhe der Karriere Bankrott anmelden? Sie brauchen mich. Und heute noch mehr als gestern.

Olaf: (Immer zum Volk lächelnd und winkend)
Ich bin eine Marionette – eine Spielpuppe, geführt von den Händen eines geldgierigen, eiskalten –

Bankier:
Vorsicht! Ihr Herz, Majestät. Nehmen Sie die Dinge wie sie sind. Wir leben beide – jeder auf seine Art – und wir leben beide gut.

Olaf: (verbittert, aber immer noch lächelnd und winkend)
Ja. Ich habe nie wirklich regiert. Immer waren Sie und Ihre Leute da. Nichts ging – ohne Sie. So war es immer – so war es meist. (winkend, lächelnd) Aber – jetzt bin ich

einmal am Zuge – jetzt spiele ich das Spiel. (gibt ein Zeichen in die Kulissen)

Ein Mann stürzt auf die Bühne. Er zieht eine Pistole.
Mann: (schreit) Tod dem Feind des Volkes! (schießt zweimal, Olaf bricht zusammen)

Olaf: (ungläubiges Gesicht, Unverständnis) Der Mann wird von den Wachen gepackt und abgeschleppt.

Olaf: (ruft ihm nach, halblaut nur noch)
Du hast den falschen erwischt.

Bankier kniet neben dem Herrscher. Er lacht leise.

Bankier:
Den richtigen. Ich habe da ein bisschen dran gedreht. Und die Aktien werden fallen – heute jedenfalls – Morgen schon nicht mehr. Ich habe da einen guten Mann im Hintergrund, den wir auf Deinen Thron setzen werden. (lacht)

Olaf: (leise) Es ist nicht meiner. (stirbt)

Bankier: (flüstert ihm ins Ohr) Ihr Begräbnis, Majestät – wird Aida übertreffen. (Lachen)

Abgang des Herrschers, König Olaf I., bald der ‚Große', von der Lebensbühne durch die Nullgasse zum Abschminken.

Der Regisseur reibt sich die Hände. Der Bankier ist rechtzeitig und genau in die Szene gebracht worden. Hier kam es wirklich auf Punktgenauigkeit an. „Den Abgang des Königs in die dunkle Nullgasse habe ich mir wirkungsvoller vorgestellt", meint der Regisseur kopfwiegend. „Aber – man kann nicht alles haben". Die nächste Rolle in dieser Richtung würde er auf jeden Fall aber anders besetzen.

Die letzte Szene des Bankiers verläuft ohne dramatische Höhepunkte – würdig und feierlich.

Umgeben von seiner zahlreichen Familie stirbt er den Betttod. Auch ein Priester kniet neben ihm und spricht ihm Trost zu. Ein großes Leben. Bedeutend. Ehrenhoch. Wesentlich für ihn und die Bankkunden. Und Bankkunden waren sie alle. Ein Eilbote des neuen Königs überreicht ihm noch auf dem Sterbebett den Adelsbrief – den erblichen. Der feiste Erstgeborene des Erbleichenden errötet vor Aufregung über diese Ehrung. Er ist nicht halb so klug wie sein sterbender Vater. Ihm bedeutet so ein Adelsbrief noch viel – aber sein Vater kann ihm nicht mehr in die richtigen Perspektiven helfen. Not wird er jedenfalls keine leiden müssen, und es ist eben nicht jedem gegeben, mit der Macht hantieren zu können. Aber – der feiste Sohn ist ja auch mit einem ganz anderen Rollenauftrag hier. Aber das liegt jenseits des langsam Abgehenden. Der Bankier ist mit seinem Leben zufrieden. Und so stirbt er friedlich mit dem Segen des Priesters unter den Tränen und Schluchzen der Familie – vornehmlich des weiblichen Teiles, die allerdings auch geweint hätten bei einem fremden Begräbnis.

Der Regisseur ist recht zufrieden. Eine runde Rolle und gut ausgespielt. Manchmal sogar wohltuend unterkühlt. Überzeugend.

Der Versager ist glücklich in seinem letzten Auftritt. Er liegt im Stroh eines verwitterten Schafstalles. Ein alter, zerlumpter, dreckiger, stinkender Mann. Weiße Bartstoppeln. Kleine Augen. Er hat seit zwei Tagen nichts mehr gegessen. Nichts Neues für ihn. Nur der Husten ist diesmal schlimmer. Er schüttelt ihn durch. Immer wieder. Aber – und der Versager lächelt selig – aber eine Flasche Fusel hat er noch ergattert. Gestohlen. Einem Bauern hier irgendwo in der Nähe. Eine ganze Flasche Schnaps – das halbe Paradies. Und immer nach dem Schüttelhusten einen Schluck. Der Hunger ist jetzt fast vergangen. Er singt leise vor sich hin. Dämmert halb ein. Reißt sich wieder hoch – als ihm die noch knapp viertelvolle Flasche einfällt. An die Lippen gesetzt. Zwei, drei Schluck. Sie fällt ihm aus der Hand. Rollt beiseite – vergluckert. Sein letztes Gesicht ist ein lächelndes Gesicht, als er in der dunklen Nullgasse am Inspizienten vorbeigeht.

Die Dramaturgin ereilt es im Theaterarchiv, das der Dramaturgie zugeordnet wurde. Sie hätte mit ihren 68 längst ein eigenes Leben führen können – aber sie hatte keines und so ist sie noch immer hier im Staatstheater. Sie will für ein Programmheft einige Schriften und Zitate im Archiv erbeuten, da knicken ihr die Knie ein. Nacht um die Augen. Und als sie langsam zu Boden gleitet, stößt sie an eines der hohen Regale, die Gasse auf Gasse hier stehen. Das Regal gerät ins Schwanken, ins Rutschen, es stürzt mit allen Manuskripten über sie her und erschlägt sie. Eine Staubwolke senkt sich langsam auf die Kunstdirigentin. Sie hätte wohl nie geglaubt, dass die Theaterautoren, deren Manuskripte hier seit zehn Jahren und länger lagerten und die noch immer auf eine Antwort des Theaters warteten – dass diese Autoren einmal zum rächenden Sturz ausholen würden. "Aber", der Regisseur hat schmale Augen und grinst seinen Regieassistenten an, „das ist bestenfalls halbhimmliche Spekulation". Der Regieassistent lacht laut zu diesem Halbscherz, wie es sich für einen Untergebenen der Thalia gehört.

Der Schluss des Versagers findet den Beifall des Regisseurs, der sich allerdings gerade bei dieser Figur noch etwas mehr versprochen hatte. Sie lag ihm besonders am Herzen. Sie besaß zahlreiche, herrliche Spielmöglichkeiten. Am Anfang und teilweise auch im Mittelteil seiner

Rolle war der Versager kaum mehr als Mittelmaß, einige, glücklicherweise, nur wenige kurze Augenblicke lang, war er sogar miserabel gewesen. Aber den Schluss hat er glänzend hinbekommen. Wirklich ein guter Abgang.

Ein Sirene jault, auf- und abschwellend. Eine Stimme über Lautsprecher – über viele Lautsprecher: „Achtung! Achtung! Alle Spieler, die zur Thalia-Crew der Sektion 11, Alpha 6 gehörten, haben sich sofort im Saal der ‚Himmlischen Einheit' zur Kritik zu versammeln. Achtung! Achtung!" - - -

Da sitzen sie nun wieder, die heimgekehrten Spieler. Die Kritik beschränkt sich nicht auf das Verbale. Dem Regisseur stehen andere, genauere Hilfsmittel in diese Sphäre zur Verfügung. Spiel, Verhalten während des Spieles sich selbst und anderen gegenüber, Diskrepanzen zwischen Wollen und Ausführung, der gesamte Seinsgang – alles ist in tausenden von Dias festgehalten, die über die Konkretdias ihres Idealspieles gelegt werden – optimal errechnet bis auf tausend Kommata nach dem Komma. (Auch das Wort ‚Dia' ist eine ungenaue, sogar falsche Bezeichnung für diese durchsichtigen vollendeten Seinsschnitte). Die Abweichungen zwischen Idealspiel und tatsächlichem Spiel werden sodann mit Engelsmaß gemessen, betrachtet und endgleich beurteilt. Annahmen, dass der Himmel irgendwelche Arten von Computern benützen würde, sind unwahr und auch unrealistisch, da die Himmelsingenieure alle Computer längst überholt hätten, bevor sie überhaupt erfunden werden konnten.

Der Regisseur ist noch nicht zu sehen.

--- das Bild verschwimmt jetzt etwas – für fernere Betrachter. Noch ist aber zu erkennen, dass sich die Spieler versammeln. Und jetzt wird auch der Regieassistent sichtbar. Er sieht aus wie eine kleine schwarze

Gewitterwolke, die unversehens aufkommt, in seinem schwarzen Kittel – der ihm offenbar für diese letzte Instanz zugestellt wurde. Er scheint etwas zu murmeln – in seiner Hand vermutlich wieder mehrere weiße Wolkenblätter - - seine Stimme – kaum noch hörbar –
„Kaiser, König, Edelmann"-
- und er hakt auch wieder etwas in seiner Liste ab -
"Bürger, Bauer, Bettelmann.
Schuster, Schneider, Leineweber.
Doktor, Kaufmann, Totengräber ---..."

Das Sterben der Amanda Siebenblum

Ein Grab – offen – ein Erdwall dahinter – Eine Grube –
ein aufgerissenes Maul für Einstlebendige – darüber ein
Sarg – ein hellbraunes Grubenfutter –

Ein Mann im Talar davor – und vier in dunklen Anzü-
gen – Was da im Sarge liegt, geht keinen von ihnen etwas an – den Pastor vielleicht – im Routinedienstablauf –
Die vier, die Sargträger, die Leichenspediteure – Niemand sonst – nur diese fünf – keiner sonst –

Und so wird sie auch keiner vermissen. Sie war allein
und ist es nun auch –

Der Pastor – was soll er hier schon sagen – den Namen
der Toten weiß er – den Todestag – die Todesminute –
den Geburtstag auch. Ein Zahlenanfang und ein Zahlen-
ende.

Was soll er nun sagen, reden, predigen – dort vor der
Alleingelassenen – Den vier Spediteuren ist das völlig
egal. Der Tag ist heiß und es ist Mittagszeit. Ein kaltes
Bier – das wäre gut – gut nach der Kalten da im Sarge –
ja, ein Bier mit viel Schaum. Das genießt sich schon vorher – Hut ab – den Spediteurhut ab – das ist alles – das ist
ihre Pflichtehrerbietung. So gehört es sich. Sie haben nur
noch eine einzige Aufgabe, den Sarg, die Totenkiste hinunter zu lassen in das Dunkel der Grube –

Und der Pastor – in schwarz – ein langes schwarzes
Abendkleid – so sieht es aus – darüber eine weiße
Schleife – Ein Pflichtverteidiger – sinnlos – wozu, weshalb – da hört auch keiner mehr zu und die schwarzen
Engel haben anderes zu tun – und das Himmelstor –
vielleicht schon zu – geschlossen für sie – dann klingt
nichts mehr hinein – oder –

Sie war bedeutungslos im Leben – für sich und die anderen. Kaum wahrgenommen – eine Schattenstatisterie – kaum einmal ein Stichwort zur Bühne –

Ja – sie war bedeutungslos im Leben und nun auch – ja – auch nun über der Erdgruft –

- ein frisches Bier mit Schaum – viel weißem Schaum – und eine Currywurst – auf die Schnelle – Der nächste Sarg ist schon hingestellt –
- ein eiskaltes Bier – ja – eine oder zwei Currywürste -

Und plötzlich – plötzlich redet der Pflichtverteidiger: „Nachdem es dem allmächtigen Gott gefallen hat unsere Schwester – (kurzer Blick auf den Spickzettel) – unsere Schwester Amanda Siebenblum aus diesem Leben abzurufen, legen wir ihren Leib in Gottes Acker, dass er wieder zu Erde werde von dem er genommen wurde –
Asche zu Asche,
Erde zu Erde,
Staub zu Staub –
der Name des Herrn sei gelobt.
- ein halblautes ‚Vater unser' und ein ‚Friede sei mit dir'
– Eine Kehrtwendung –

Die Spediteure haben Hand angelegt. Amanda Siebenblum hat die Gruft verschluckt - - auf nun zur Friedhofskantine. Ein Bier – eine Currywurst – Amanda – längst vergessen den Namen – verflüchtigt, vergessen – so wie sie auch, wie meist auch in ihrem einstigen Leben.

Amanda Siebenblum

In die Kirche – ja, da haben sie die vier Männer vorher hingebracht – nur sie, nur Amanda Siebenblum und sonst nichts –

Der Auftritt des Pastors ist erst für später vorgesehen, an der Grabgruft. Keine Rede also, keine Predigt – Orgel-

spiel – unbestellt – seltsam fern, unzutreffend – einfach
nur getan – ohne Liebe – nur die kleine Orgelpflicht – in
der Orglergage eingeschlossen –

allein allein

- aber das was einst einmal Amanda Siebenblum war,
etwas davon – das war noch in der Nähe – irgendwo,
irgendwie – Und sie – sie sah zu, sich und den anderen –
vielleicht sogar mit einem kleinen Lachen von ihr in
dieser Einsamkirche – und – waren da nicht zwei Engel –
woher sind die gekommen – da – auf der Empore –
kleine nur – aber für sie – seltsam – sogar für sie – und
sie winkten ihr zu – kamen näher – fächelten ihr Kühle
zu – aber sie war ja gar nicht mehr warm, heiß – gar nicht
mehr – aber die Kühle – es tat gut – es war wie ein
Streicheln – so selten – so selten sonst für sie – und ganz
in der Nähe jetzt – ein Gesang – eine Silberstimme -

Großer Gott wir loben Dich,
Herr wir preisen Deine Stärke –
Vor Dir - - und -
Befiehl Du Deine Wege des - - -

und – alles untergegangen im Orgeltonmeer – und da
warten schon die Sargträger – gefährlich – wie auf dem
Sprung –

- aber keine Beklemmung – keine Angst – nein, nein –
das Heute – das gab es nicht mehr und das Gestern war
im Morgen versteckt – nein, verschwunden – da zählt
nichts mehr von dort – das zählte nicht mehr von –

Auch amtlich muss das ‚Aus' kommen, für jeden, für
jeden. Papiere, Formulare. Bedruckt, beschrieben – abge-
legt, gestempelt, ausgestrichen. Eine gab es nicht mehr
nun, wenn schon – Routine – amtliche Routine nur –
Arzt, Pastor, Standesbeamter – aber nicht zur Hochzeit –
oder doch – zur neuen – ins Ferne hin – ganz ferne –

167

schwarzbekränzt – Und der geheime Arztbericht – nein, nein. Es heißt nur ‚Vertraulicher Teil der Todesbescheinigung".

- nun ist er bescheinigt – in Scheine gesteckt –

"Endzustand: Herz-Kreislaufversagen" – Bestätigungskreuzchen. „Atemlähmung" – Bestätigungskreuzchen. „Grundleiden: Marasmus senilis" – Schwäche aus Alter – Altersschwäche - Senil – nein, das war sie noch nicht - Geboren: 12.10.1909 – Geboren – gestorben – 90 Jahre alt – noch hell im Kopf –

Amanda Siebenblum

„Sektionsbefund – Todesursache – natürlicher Tod" Natürlich – das liegt ja schon in der Natur der Geburt - Die Todesbescheinigung für Amanda Siebenblum. Und zum Abschluss das Arztsiegel –

„Die Leiche wurde von mir heute zur Feststellung der Todesart sorgfältig untersucht. Sichere Zeichen des Todes wurden von mir wahrgenommen. Ich bestätige durch meine Unterschrift, dass ich diese und die umseitigen anderen Angaben nach bestem Gewissen gemacht habe…"

Ort, Datum, Unterschrift und Stempel der Ärztin oder des Arztes, die oder der die Leichenbeschau vorgenommen hat –Du bist beschaut worden Amanda – unzüchtig fast – taxierend – eingeordnet – zugeordnet – Beschau – die beschaute Amanda – so viel Aufmerksamkeit – so was, so was – das liegt weit zurück – das hat es nur ein oder zweimal gegeben – mit einem kleinen Glücksgefühl – bis auf dieses letzte jetzt –

„Auf Wiedersehen, Du beschaute Amanda"

Wenn man nur wüsste wo? (Dazu kichern ein paar Dämonen in irgendeiner Zimmerecke – sicher jetzt auch schwarz verkleidet – zum Hohne fast –) Wo bist Du, Amanda? Da kann man lange rufen. Aus dem Jenseitigen hineingeboren ins Diesseitige – hinausgeboren in das Jenseitige – wieder

geboren – gestorben

dazwischen das Leben der Amanda Siebenblum beendet mit einer Todesbescheinigung –

Jenseits –

Hierseits –

Hinseits –

Der Übergang – er begann ganz banal, wie das meiste das wir hintäglich tun - zum Abendessen Rührei mit einem Butterbrot – ein halbes Glas Milch – und als Nachtisch dann: Flimmerkiste Kanal 2 –

Die Bilder jagen sich – das war nun schon die zweite Leiche – der Mann da, der mit dem großen Hut – er schoss vom Pferde – da lagen sie – Blut – nein, kein Blut – oder nur nicht zu sehen – Gehängt hatten sie auch einen und – Werbung? Werbung, Werbung – grell, schrill, laut – Ja, da war er ja wieder der Hustinettenbär – der Hustinettenbär mit der lustigen Musik-

Nie mehr husten
ist nicht schwer.
Hier kommt der
Hustinettenbär.

Lachen – ein wenig Lachen – ein Lächeln jetzt – die lustige Musik dazu. Das war besser – fast besser als das was vorher hingeflimmert war –

Nun fliegen sie wieder. Sie rennen – ein paar Autos schnell, schneller – Zusammenstoß – sie fliehen, sie fliehen wieder – einen haben sie erwischt, der andere – und -

da ist er wieder der Hustinettenbär - - und dann – ein Knopfdruck und das Bild ist tot- schwarz – aus –

169

Badezimmer – das übliche – Zähne – Schwamm – Bett -
Das Bett zur letzten Ruhe – aber – aber das wusste sie
noch nicht – das war noch zukunftsverhangen –

Hindämmern – Halbschlaf – seltsam – die einst wesen-
den – vorwesenden Gedanken am Abend nun verwesende
– schwebende – wie Wolken – auch so ferne nein, nicht
immer – manchmal aber – oft so –

Das dreht sich da – so ohne Fesseln – ohne Rahmen –
ohne Sinn – nur so – Gedanken – Bilder – Teile – Fetzen
– Traumfetzen – der Wind trägt sie fort –

Amanda Siebenblum – im Halbhin –Marasmus Senilis –
Der Totenschein – Der Totenschein das war sie – ja –
Das war die letzte Wirklichkeit – nein, nein – das war ja
noch ferne, weit weg – das hörte sie nicht – noch nicht –
doch nicht – Sie war nicht senil – nur schwach jetzt,
schwach nun vom Alter – vom altern –

Sie war nicht mehr der Steuermann auf ihrem Lebens-
schiff – zuletzt nun – sie ließ sich treiben – sie musste
sich treiben lassen – ihr war kein Wille, keine Wahl mehr
– zuletzt nun – so ließ sie sich eben treiben – einen
kühlen Wind in den Segeln – zum Dahin – zum Hin –
jetzt schon gegriffen – jetzt schon – aber schon ohne
Angst – bereit fürs Dann – da dämmert fort was einstmal
war – real, wirklich – löst sich auf – nicht ganz – noch
nicht ganz – da klingt noch so vieles – so viel – und die
Zeit – die Zeit ist aufgehoben –

Da war sie sechs – sechs Jahre alt die Andi – so wurde
die kleine Amanda genannt – da war noch etwas Zärt-
lichkeit – aber zu schnell – zu schnell vorbei – danach –
etwas später – da war sie zum ersten Male allein – sie
waren fort gegangen – nun war sie zum ersten Male allein – schicksalsbestimmt – fürs weitere –

Eine Schaukel – auf und ab – auf und ab, sanft, ganz sanft, ganz sanft – hin und her – rechts und links – oben – unten –

das ist nicht mehr – kein oben – kein unten – kein rechts kein –

weg alles – alles ohne ein Gewicht – alles so hin – so fort – was ist oben, was ist unten, was rechts, was links – auf und ab – nichts –

so hingeschwebt – hingleiten –

Lieschen – die Kinderschuhe – rot, rot waren sie – Lieschen – ihre kleine Freundin – kurz – nur kurz – und die roten Schuhe mit gelben Riemen – mit gelben –

und da flimmert es wieder - Werbeflimmern – ein Fleck – weg – weg ist er --- Das Vitamin ABC – gut –

War das nicht im Mai – am Abend – im Garten – die Nachbarn – die Hochzeit der Tante, der Tante Weber – ein Walzer – Sekt – und Tusch – Reden - - - sie reiten auf der Wolke – auf den Wolken – den leichten, sanften – schwarzhell –

Die Hunde bellen – haben sie sie erreicht – bemerkt - -

Die Sparkasse Bolltum – oder Bollum - oder - verdient ihr Vertrauen – Anrufen, anrufen!! Nummer 8 – auf und ab 89 – ja so – ihr Vertrauen –

Das kleine Hänschen über dem Gartenzaun blond – Ja ganz blond –

<blockquote>
ABC – die Katze lief im Schnee
und als sie wieder rauskam,
da hat sie weiße Stiefel an -
ABC - - -
</blockquote>

- und da schießen sie wieder – da liegen sie zwei – drei –

Und der Werbeschaum – der weiße, weiß, weißer – am weißesten – rein, reiner – reiner – und da versteckt er sich jetzt – der Hustinettenbär – hinter dem Weißschaum – aber sein Lied ist da –

Die Decke – sie ziehen die Decke über mich – die Zudecke – bis zu den Augen schon – da lacht es irgendwo – die Amandadecke – bis schon zu den Augen –

wozu noch Atem – wozu –

Die schwarzen Hunde hetzen vorbei – kein Bellen – lautlos – nur ein Schnellvorbeizucken – vorbeihuschen – keine Angst davor – nicht vor ihren – nicht mehr – und sie beißen ja nicht –

- vorbeigehetzt – nur vorbei – und noch einmal so ein Tröster, so ein Grüsser – so ein Grüner –

- ja – grün ist er, ganz grün der Hustinettenbär –

Nie mehr Husten ist nicht schwer
hier kommt der - - -

Lachen – ein ganz winziges – ein ganz – ein Lächeln – jetzt – der Bär – seine Zunge – er leckt ihr das Gesicht –

- Gnade – wohin fahre ich denn – wohin bringt ihr mich - - Fragen – ohne Antwort.
Losgelöst alles – ohne Fesseln – frei – offen – leicht –
- - - - das ist der Tod –
die Augenlider zu wie im Schlaf –
die kleine Wahrheit des Todes –

Sie war neunzig, als sie der Tod einfing und noch gut zu Fuß und auch das Denken ging noch halb und gut. Das Augenlicht – brillengestützt – nicht mehr allzu gut – Doch Lesen nicht viel, aber einiges – das brachten die Augen noch. Und auch das Essen in der Küche – immer noch ganz gut hantiert. So ging das eben – lange – so ging es in der Daseinsgeraden –

erlöst nun